集英社オレンジ文庫

音無橋、たもと屋の純情

旅立つ人への天津飯

竹岡葉月

JN019884

本書は書き下ろしです。

Otonashi
Bashi
TAMOTOYA

もくじ

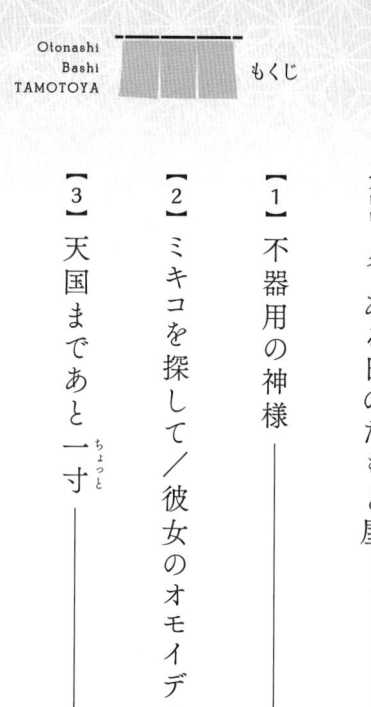

イラスト／げみ

音無橋、
Otonashi
Bashi
TAMOTOYA
たもと屋の
純情
旅立つ人への天津飯

プロローグ

ある日のたもと屋

Otonashi
Bashi
TAMOTOYA

閉まっていたシャッターが、音をたてて上がっていった。続けて磨《す》り硝子《ガラス》の引き戸に、身長一七〇センチジャストの菫《すみれ》よりも、いくぶん大柄な男のシルエットが浮かび上がる。全体で見れば引き締まっていても、鍋《なべ》を振る側の腕が他より発達した、料理人の身体《からだ》だ。

中に入ってきたのは、予想通り店主の野洲聡一郎《やすそういちろう》だった。

着古したウインドブレーカーの下に、仕事用のポロシャツとチノパンという実利重視な格好で、客商売のくせにおよそ愛想というものと縁がない淡々とした男だ。しかし今は狭い店内に菫がいるのを発見して、かなり驚いていた。

(このひと、こんなに目が開くんだ)

軽い感動すらあった。

「……やっほう」

菫はカウンター席の端でノートを広げたまま、小さく片手を上げた。

「貼り紙見たんだけどさ、いま休業中なんだって？　来ても閉まってたから驚いたわよ」

「そうだよ。なんでそれで向坂《さきさか》がいるのか聞いてもいいか」

「ん、知りたい？　君と私の仲なのに？」

菫はつとめて明るく笑う。

聡一郎が、深々としたため息とともに、眉間《みけん》を指でおさえた。

「スペアキーの場所、そろそろ変えた方がいいわよ」

「……わかった変える。今日この瞬間から変えることにする」

「聡一郎？」

こちらに背を向けた男に、思わず声をかけた。

——怒らせたいわけではなかったのだ。

「どうしたの」

「どうも何も。店開ける準備するだけだよ。悪いか？」

聡一郎は厨房《ちゅうぼう》側の照明をつけ、空調のスイッチを入れた。たぶんこの後は上着を脱ぎ、バンダナを頭にまくだろう。確かにいつもと変わらない、立ち上げのルーティンだった。

ならいいかと、菫は思う。

「いや、悪くないね」

「どうせ手伝いはしないいんだろ」

「お客ですから」

「態度が悪いお客様だな。そこで原稿書いてろ」

憎まれ口が愛《いと》しくて、口元がゆるんだ。悟られないよう、ノートに視線を落とす。

一通りの仕込みを終えた聡一郎が、再び店の戸を開けた。

音無橋《おとなしばし》の古風な欄干《らんかん》と、飛鳥山《あすかやま》沿いに急坂を上る路面電車が見えた。

「本日の日替わりは？」

「定食が焼き鯖《さば》の南蛮漬《なんばんづ》け、五目きんぴら、グリーンサラダ。どんぶりは茄子味噌《なすみそ》丼。どっちも味噌汁と漬物つき」

「いいね。今日は定食にしようかな」

「余ったらな」

「ケチがいるよ」

聡一郎がたもと屋ののれんを、軒先《のきさき》にかけに行く。

アスファルトの水たまりが光って、空の色をよく反射していた。

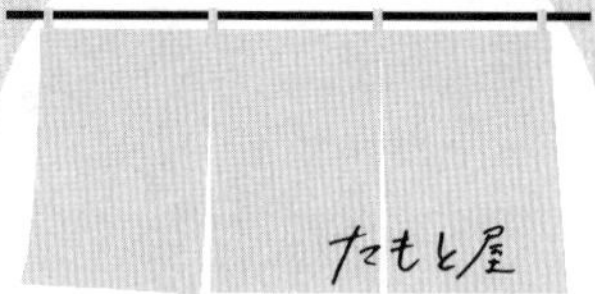

【1】不器用の神様

Otonashi
Bashi
TAMOTOYA

みなさん、『ガクチカ』ってご存じですか。『ガクチカ』。

平良凜々《たいらりり》は、とっくに大学を卒業した今になっても、聞いてみたくてたまらなくなる時がある。

通称『ガクチカ』、その正式名称を『学生時代に力を入れていたこと』という。

いわゆる就活用語で、企業への志望動機や自分自身の自己PRとともに、エントリーシートにおける設問として頻出《ひんしゅつ》の内容である。応募者が学生時代に力を入れたことや努力したことを、簡潔に記載する項目だ。

凜々はこの質問が、大の苦手だった。

普通ならアルバイトやサークル、学業や留学経験などから語るものなのだろう。しかしちょうど凜々の学生生活は、世界的な感染症の流行時期とほぼ重なっていた。サークル活動どころか、キャンパスは軒並み閉鎖。講義はオンライン主体で、アルバイトはバイト先の雇用調整によってクビ。留学？　馬鹿を言っちゃいけませんよあなた。ひたすらに密を避け、移動は最小限で、引きこもりの精神が貴《とうと》ばれた時代だったと思う。

そんなないない自粛《じしゅく》尽くしな状況が収まってきたのが、大学三年も終わり頃の話だ。

就活のセミナーも対面の開催が増え、いざ無邪気に『ガクチカは？』と問われても、『千葉の自宅を積極的に警備してきました。まる』としか言いようがなかったのだ。

唯一残された、学業から語ってみようと思ったのだが。

『えー、平良さんが力を入れたのは、勉強。特に民俗学の講義に感銘《かんめい》を受けたと』

思い出すのは、とある二次面接の一場面。凜々のエントリーシートをタブレット画面に映しながら、定年間近とおぼしき面接官は、『ガクチカ』について質問してきた。

『はい。ネット上の都市伝説を調べてレポートにまとめ、A＋の高い評価をいただくことができました』

『失礼ですが、平良さんの専攻は民俗学……ではないですよね』

『は、はい……経営学部の経営戦略コースです』

受かった中では、一番偏差《へんさ》値《ち》が高い大学だったからだ。

『民俗学は史学部の一般教養科目で、初級を受講して大変興味がわいて、中級以降も聴講《ちょうこう》の許可をいただいておりました。単位の認定は初級のみなので、成績表には記載されておりませんが』

『ゼミと卒論は？』

『経営組織論のゼミで、企業のリーダーシップについて研究しました。卒論はこの内容をより深めて、女性の管理職登用問題について書く予定です』

『なぜそのテーマを?』

『教授の勧めで……』

『君自身の興味はないの』

『それほどは——あ』

しまったと思った。

面接官のおじさまの、達観した仏像のようなまなざしが忘れられない。

『て、訂正《ていせい》させてください。本当はやりたいテーマがあったのですが、他の学生とかぶってしまったので仕方なく。いえ、仕方ないと言っても手を抜くつもりはまったくなくて。ええと』

嘘が下手《へた》。自分を取り繕《つくろ》うのがすこぶる下手。そのくせ周りに流されやすくて、長いものに巻かれてしまうところまでみんなばれてしまった。加えてかなり運も悪い。

『……ほんと、最初から史学部に行ければよかったねえ……』

『おっしゃる通り……いえいえいえ、そんなことは決して』

『そう。正直なのは、悪くないと思うんですよ。弊社《へいしゃ》に貢献できる部分は、なんだと思います? 平良さん』

『ね、粘り強さと積極性で』

『こういう時は言い切って。目が泳いでるよ』

最後の方は、面接というより就活カウンセラーの駄目出しのようであった。

そういう意味で、大変面倒見のいい奇特な人だったと思うが、結果はやはり不採用で。凜々はすっかり就活というものがわからなくなってしまったのだ。

迷走につぐ迷走、敗戦につぐ敗戦続きでエントリーシートを出すのも怖くなり、しばらく膝を抱えて布団の中にもぐったりもした。

処処《しょしょ》の条件で言うなら、他の就活生とて同じだったろう。しかしゼミの知り合いや高校時代の友人たちは、皆なんだかんだと内定をゲットしており、大学四年の正月が来てもリクルートスーツを着ていたのは凜々ぐらいであった。

就職浪人も覚悟した二月某日《ぼうじつ》、ハローワーク経由で一社採用通知が来た。

それが四月から勤めているＷｅｂ企画会社、『ココナッツ・ビー・ラボ』なわけだが——。


「なんていうかね、がんばってるのはわかるんだけど、的外《まとはず》れなの。ちゃんと考えて仕事してる？」

女社長の藤沢鳴子《ふじさわめいこ》は、勤務四ヶ月目の凜々を評してそう言った。

ガラス張りの社長室。金縛《かなしば》りのように身動きが取れない凜々の背後を、カジュアルな格好に社員証をぶらさげた社員が、大勢行き交っている。

自分としては、『イエス』と言いたかった。でも、成果が出ていないと叱られている状況で、そんな反論ができるはずがない。

「……申し訳ありません」

「困ったわね。こんなにカンが悪い子初めてよ」

『ココナッツ・ビー・ラボ』は、Ｗｅｂディレクターの鳴子が独立して立ち上げたワンマン会社だ。企業のウェブサイトやアプリを制作するのが主な業務で、凜々はサイト制作部門のＷｅｂデザイナーとして採用された。

ＩＴのことも、デザインのことも、まるっきりの素人《しろうと》だったが、求人票の『未経験可』『丁寧《ていねい》な研修あり』という言葉を信じて応募した。職種も業種も、その頃にはこだわっていられる余裕などなかったのだ。

しかしいざ勤務が始まってみれば、凜々より年下の同期は、そろってＩＴ関係やＷｅｂデザインのための専門学校を出ていた。会社の研修は彼女たちのレベルに沿って進められ、触ったこともないソフトウエアの扱いにまごつくような凛々は、あっという間に置いていかれた。

すでに同期は色々な業務を任され、ディレクターの鳴子と一緒に客先に同行したりもしている。凛々は、今のところ電話番とバナーの作成ぐらいしかしていない。

（そのバナーも、どんどんチェックが後回しにされてる……）

恐らく出来がよろしくないから。

唇を嚙《か》む凛々に、鳴子の叱責《しっせき》は続いた。

「もっと指導してあげたいのはやまやまだけど、私も忙しいのよ。あなただけに時間を割《さ》いてるわけにはいかないの」

「……承知しました」

「承知しましたじゃないでしょ、もう。こういう時こそ、土日もどんどん出てくるの。ガッツ出しなさいよ。伸びしろだけで雇ってるようなものなんだから」

「はい、承知しました。申し訳ありません！」

またも同じ言葉を使ってしまったが、凛々ももはや訂正できず、鳴子も諦めたのかそれ以上何も言わなかった。

「いいわもう。行って」

「失礼いたします……」

これで明日も休出決定だ。自主練扱いで、タイムカードも押してはいけないやつ。

痩《や》せ細った気分で自席に戻れば、隣の席の同期が椅子《いす》ごと近寄ってきた。

「お疲れでーす平良サン。糖分補給してくださーい」

差し出されたキットカットの小袋を、ありがたく受け取った。

「助かる……」

「ほんとにもー、社長も鬼ですよね。平良サン初心者なのに」

ブルーブラックとアッシュのメッシュを入れた、前髪重めのボブカットが、喋《しゃべ》りながらさらりと揺れる。まるでお菓子のパッケージから抜け出たようなメイクやファッションは、外見からしてデザイナーらしい気がする。判で押したように無臭で無難な格好しかできない凜々とは違う。

「それに甘えちゃいけないってことだよね」

「わー、えらいー」

それぐらいしか取り柄がないのだ。

同期がずっと高度なコーディング作業を進めていても、凜々は凜々で与えられた仕事を粛々《しゅくしゅく》と進めていくしかない。急ぎじゃないバナー作成とか、電話番とか、郵便物の仕訳とか。

「あっ、田中《たなか》君ちょっといい？　新しく人を採りたいのよ。なんだか枠《わく》が空きそうな気がするの」

社長の鳴子が総務のスタッフと話しているのが聞こえてきて、パソコンに向かう凜々の胃がきりりときしんだ。

『ガクチカ』、『ガクチカ』、『ガクチカ』——最近特にこの四文字が頭を回る。あれにちゃんと答えられていたら、凜々の人生も違っていたのだろうか。そんな詮無《せんな》きことを考えてしまう。

（終わった……）

今日も沢山《たくさん》叱られた。

勤務地は飯田橋《いいだばし》にあった。凜々は大学卒業と同時に東京の近県にあった実家を出て、都内で一人暮らしをはじめていた。

二十三区内といっても南側や西側は高かったから、借りたのはちょっと上の方にある北《きた》区王子《くおうじ》のアパートだ。飯田橋まで地下鉄南北線《なんぼくせん》の移動で十五分もかからないが、家賃は同心円上の他の街よりずっとお安いと思う。

なんとか一日の勤務を終え、地下鉄の出口から地上に出ると、バスロータリーに面したJR王子駅の駅舎と、同じく路面電車の停留所が横目に見えた。

（夕飯……今度こそ買い出し……）

ここでちゃんとスーパーに寄っておかないと、家のまわりにはコンビニも弁当屋も何もないぞと頭ではわかっていても、疲れきった二本の足は、もはやオートメーションでしか動かない。

――いいやもう。冷蔵庫にあるもの食べよう。

一分一秒でも早く帰宅の途につくべく、駅前のスーパーに寄るのを諦め高架下のトンネルをくぐった。

駅舎の反対側へ出る。

平坦な土地が広がる北口の風景と違い、こちら側のロケーションは、一気に険しい坂と高台のそれに切り替わる。地理的には、滝野川台地《たきのがわだいち》と呼ばれるらしい。その中でもひときわ目立つ丘陵地《きゅうりょうち》が、江戸の昔からある花見のランドマーク、飛鳥山公園《あすかやまこうえん》だ。

春先に越してきた時は、山全体が見事な桜色に染まり、花見客も多く訪れていたようだ。凛々はまだ花見も何もしていない。

鳴子に叱られ続けるまま春が過ぎ、同期の背中がどんどん遠ざかる初夏のつつじの季節も過ぎ去り、七月の飛鳥山は真夏の緑が茂り続けている。

（何やってるんだろう……会社行って働いてるんだけど……）

みなが普通にやっていることのはずなのに、どうしてこんなにうまくできないのか。

短い高架下トンネルを抜けると、その飛鳥山と王子神社の高い石垣《いしがき》の隙間《すきま》を縫《ぬ》うように、小さな川が流れていた。

こちらは音無川《おとなしがわ》という、石神井川《しゃくじいがわ》に注ぐ支流らしい。川の周辺は親水公園として整備されており、凜々は自宅への近道としてありがたく利用させてもらっていた。

流れに沿って歩道を進めば、今度は頭上にかかる大きな橋が見えてくる。

――音無橋だ。

重厚な三連アーチで橋桁《はしげた》を支える、ひどくクラシカルなデザインの橋で、川を越えて飛鳥山と王子神社方面を繋《つな》いでいる。凜々はこの角度から見る音無橋が、少しだけ好きだ。高いビルもほとんどなく、見上げるだけで時間がまき戻った気になれるから。竣工《しゅんこう》したのは昭和のはじめ。かの渋沢栄一《しぶさわえいいち》も出資したそうな。

橋のたもとに階段とエレベーターが整備されているので、それを使って坂の上まで一気に行ける。あとは住宅街の自宅アパートまで、さして時間はかからない。

とにかく帰ったらシャワーだ。あれば適当に夕食。寝るまでにデザインの参考書を、一冊でも多く読み込まないと。

ここまでやっても焼け石に水というか、周りに追いつける気がまったくしないのだと自《じ》嘲《ちょう》した——その時だった。

(え……雨?)

そこでようやく、凜々は我に返った。

音無橋の上に出てから、ぽつりぽつりと頬《ほお》に冷たいものがあたった。

そこから先は、あっという間だった。雨はすぐに本降りに変わり、周りの通行人は手荷物から折りたたみ傘を取り出している。

(どうしよう。本当に雨だ)

今夜の天気予報に、雨マークなど出ていただろうか。通勤鞄《つうきんかばん》の中をかき回しても、目当ての折りたたみ傘がなかなか出てこないから焦る。そういえば朝は慌てていて、テレビもスマホも確認しないで飛び出してきたことを思い出した。

己のうかつさに歯がみする。梅雨《つゆ》が終わればゲリラ豪雨。この時期に傘なしでうろつくなんて、無謀《むぼう》もいいところだ。

むきになって肩掛けのトートバッグをまさぐっていると、視界のごく低いところで猫と目があった。

——ニャー。

濡れた歩道の真ん中に、たった一匹だけで子猫がいた。小さな口を開けて、凜々を見上げてか細い声で鳴く。

折しも橋と飛鳥山の明治通《めいじどお》りが合流する交差点が、『通りゃんせ』の音声信号とともに青へ変わった。立ち止まっていた通行人がいっせいに歩き出し、その子猫まで踏み潰されそうになった。

「だ、だめ！」

危ないと思った凜々は、とっさに子猫をすくい上げ、目についた建物の軒先《のきさき》へ走った。

雨があたらない場所に来て、あらためて子猫を抱え直す。

「どうしたの君。あんなところにいて、お母さんは？」

湿った毛並みの上からわかるほど、猫の身体《からだ》は小さく痩せていた。

柄《がら》は黒と茶色がまだらに混ざった、サビ猫だ。顔の右と左で、色が完全に分かれているのが面白い。指を口元に持っていくと、小さく歯が生えているのがわかった。実家で飼っている猫の記憶を頼りに、生後二ヶ月ぐらいかと当たりをつける。

（たぶんはぐれちゃったんだろうなあ）

凜々は子猫の顎裏《あごうら》をなでながら、嘆息《たんそく》する。

けっきょく傘はアパートに置いてきてしまったようで、この子と一緒に雨がやむのを待つしかなさそうだ。

今いるアパートはペット飼育禁止だが、敷地の隣に住んでいる大家さんに事情を話して、なんとか一晩だけ保護させてもらおうと思った。そして明日は土曜日だから、朝一番で動物病院につれていき、その足で実家か姉夫婦の家だ。たぶん飼ってくれるか、里親を探す協力はしてくれるだろう。

鳴子には土日も出ろと言われていたが、日曜だけで勘弁してもらうしかない。

しとしとと暗い雨の中に、音無橋のクラシカルな街灯が、ぼんやりと浮かびあがっている。

王子駅の高架下をくぐり、一両編成の路面電車——東京さくらトラムこと都電荒川線《あらかわせん》が、えっちらおっちら明治通りを上がってくるのが見えた。

「迷子の迷子の子猫ちゃん、か」

思わず慣れた童謡が口をつく。凜々の人生も、問答無用の雨に降られて迷子中だ。

がんばるしかないとわかってはいるのに、なんだかひどく疲れてしまっていた。

「——なあ、ちょっとちょっと」

子猫と一緒にうなだれていたら、凜々が雨宿りをしている建物の引き戸が開き、人が顔を出した。

「君だよ。お客さん」

シャープな一重《ひとえ》と薄い唇の、全体にあっさりとした顔立ちの男性だ。たぶん二十代後半ぐらいだろう。こういうのを、端整な系統でも塩顔と呼ぶのかもしれない。

紺《こん》色のポロシャツと、動きやすそうな黒のパンツ姿で、短い髪をすっきりバンダナで隠し、いかにも飲食店の関係者といった雰囲気《ふんいき》だ。

そういえば、とっさに屋根があると飛び込んでしまったが、営業中の店だったのか。

「す、すみません」

凜々は、子猫を抱いたまま、慌てて頭を下げた。

「勝手に軒先をお借りしてしまって。お邪魔しました。失礼します」

「いや、いいから。そんな半端なとこにいないで、ちゃんと中に入ってって言おうとしたんだ俺は」

男性はそう言って、立ち去ろうとする凜々を引き留めた。

彼が顔を出している店ののれんには、墨字で『食堂たもと屋』と書いてあった。それを指先で引っ張りながら、

「うちはご覧の通り飯屋で、あったかい食事ぐらいなら出せるわけ。動けないなら、橋渡る前に休憩《きゅうけい》していきな。悪いこと言わないから」

「……でも、私、いま猫拾っちゃってて」

「猫用のミルクもあるから。大丈夫」

間髪《かんはつ》容れず、男性は答えた。ためらう凜々に、深々と相づちも打つ。

これは──誰が抗《あらが》えるだろうか。

雨宿り。そして猫のご飯。

「すみません。それじゃあ、ちょっとだけ……」

「ほら入った入った」

ある意味、拾った子猫のために入ったようなものだった。


店の中は厨房《ちゅうぼう》をL字に囲う形で、レジ台とカウンターがあり、カウンター側の席が五つと、四人がけのテーブルが二つ。見えるところの客席はそれだけで、さほど広い店ではないようだ。

遅い時間帯と天候のせいか、中にいた客は一人だけだった。

「うそお、猫ぉ！」

「そうだよ猫だよ。騒ぐなよ向坂《さきさか》」

「ちょっと聡一郎《そういちろう》君、猫だよ猫。いやああ、めっちゃ小さい！」

カウンター席で味噌汁《みそしる》を飲んでいた女性が、悲鳴にも似た声をあげる。

こちらも店の男性と同年代だろう。すらりと背が高く、茶色のボブヘアで広い額を出し、麻か何かの長袖《ながそで》シャツに、濃い色のデニムとハイカットのスニーカーと、メンズライクな格好がよく似合っている。一方で入ってきた凜々を見るなり相好《そうごう》を崩す姿は、思ったよりも可愛《かわい》らしい愛嬌《あいきょう》もあった。

「ほんと小さいね。椅子席《いすせき》より座敷の方がいいよね。奥行こうか」

「は、はい……」

何か子猫を抱く凜々ごと、壊れ物の宝を扱うようにエスコートされてしまった。

奥というのはテーブル席の裏側で、壁を挟んで小上がりの座敷があった。

他の席からは絶妙に見えないので、ちょっとした個室のようだ。四角い座卓と、小豆《あずき》色の座布団が置いてある。

「聡一郎君、タオルない？　猫ちゃん拭けるようなの」

「わかってるからちょっと待て」

　聡一郎と呼ばれた男性がバックヤードへ引っ込んでいく。

　一緒に座敷に上がった女性が、あらためてにこりと笑った。

「私は、向坂菫《すみれ》って言うの。よくここにご飯食べにくるのよ。あなたは？」

「平良凜々、です……」

「平良さんね。了解。それでいまタオルとか持ってきてくれてる、いまいち笑うのが下手《へた》っぴなお兄さんが、野洲《やす》聡一郎っていうの。たもと屋の二代目」

「――どういう説明だよ」

　実際に色つきのフェイスタオルを持ってきた男性が、菫に文句を言った。

「最初に断っておいた方がいいじゃない。あなた絶対にそれで損するタイプだし」

「余計なお世話だって。はいこれ」

　いわく、笑うのが苦手らしい野洲聡一郎氏は、汚れた子猫を拭くためのタオルに加え、凜々自身を拭くためのタオルも渡してくれた。

「どうもありがとうございます……」

「一応ね。いるかどうか迷ったけど」

　だんだん身体が冷えてきていたので、正直助かった。子猫の方を菫に託し、自分の身体も拭く。

確かに聡一郎の喋《しゃべ》り方は、低めの声質も相まってぶっきらぼうに近い感じがするし、ここまでのやりとりを振り返って、ただの一度も笑っていないなとは思うが、凛々はさして気にならなかった。

聡一郎はタオルと一緒に持ってきたパック入りの牛乳を開封し、小皿に少量注いだ。

「ねえ聡一郎君。そのミルク」

「ちゃんと猫用のだよ、心配するな。前に野良猫が子供産んだだろ、その時の余りだよ」

まずはミルクを指先に取り、菫がタオルに包んでいる子猫の鼻先に持っていった。

子猫は小さな鼻で匂《にお》いをかぎ、それが良いものだとわかると今度はタオルから身を乗り出し、聡一郎にかじりつかんばかりの勢いでなめはじめた。

「飛鳥山や下の親水公園に、野良が居着きやすいんだよな。手術もしてるけどなかなか減らないな──ってこら、俺の指を噛《か》むな」

小上がりの縁に腰掛け、ミルクを求めてじゃれつく子猫を見守る聡一郎のまなざしは、初めの印象に反して優しかった。さきほどよりも、薄い唇の口角が上がっているような気もするし。

「どう、平良さん。これがね、強面《こわもて》の不良が動物に優しくして好感度を上げるの図よ」

「い、いえ私」

不用意に聡一郎を見つめすぎたのを突っ込まれた気がして、凜々は慌てた。

「向坂。いい加減にしろって」

「はーい。もう言いません。お口チャック」

菫が手を口元にやる一方、子猫は皿から直接ミルクを飲みはじめた。

うにゃうにゃと鳴きながらの忙しい食事だったが、急にぱたりと静かになり、なんと顔面ミルクまみれのまま眠ってしまっていた。

「……すごいな。どんだけ飲んだんだ。腹がぱんぱんだよ」

持ち上げても微動だにせず、聡一郎が呆《あき》れて言った。

そのままタオルにくるみ直し、好きなだけ寝かせてあげることにした。

「じゃ、次は人間か。どうする君は」

「え？」

「猫だけってことはないだろう。普通の晩飯も作るつもりなんだけど俺は」

凜々の食事を、どうすると言っているわけだ。

はっきり言って、子猫にかまけて、半分忘れかけていた。

「あの、メニュー……お品書きは……？」

「今日は定食がチキン南蛮《なんばん》で、どんぶりが鮪《まぐろ》カツ丼。どっちも味噌汁と漬物つき」

「この店、日替わりで二種類しか作らないのよ」

そっけない聡一郎の即答を、けっきょく菫が補足してくれた。それはなんとも潔《いさぎよ》い経営方針だ。

「酒のあてにしたいとか、夜は炭水化物いらないとか言うタイプは、おかず単品でも対応するけど。あとはリクエストがあればなんとでも」

「じゃあ……鮪のどんぶりでお願いできますか」

どちらがいいというものではなかったが、たぶん定食よりは鮪カツ丼の方が、早くできて手間がかからないと思ったのだ。

聡一郎は短く「ＯＫ」とだけ言って、厨房へ引き返していく。

凜々はあらためて、自分が座る畳《たたみ》の場所から、店の内装を見回した。

掃除《そうじ》は隅までよく行き届いているようだが、天井も柱も板壁も、恐らく新品の頃とは色が変わって、独特の風格が出てしまっている。あの壁に飾られた謎の民芸品は、いったいいつからあそこにあるのだろうか。

「こんなところに、ご飯屋さんなんてあったんですね……」

「平良さんは、このあたりにお勤めなの？」

「いいえ。ふだんは飯田橋に通勤していて、このすぐ裏に借りているアパートがあるんですけど……」

「まあ、こういう地元密着系の食堂って、一見《いちげん》さんの女子一人じゃ、入りにくいっていうものね。私みたいな奴が例外で」

菫が言うことも、もちろん一理あるだろう。だがそれ以上に、毎日寝る場所と会社の往復だけで、周りがろくに見えていなかったことの方が大きい気がした。

厨房から、ぱちぱちしゅわしゅわと軽快な音が響いてくる。油でカツを揚げているのだろうか。

やがて聡一郎が、白木の盆に注文の品を載せて、座敷にやってきた。

「はい、お待ち。鮪カツ丼」

確かにお味噌汁と、お漬物の小皿がついていた。

座卓の上に、凜々のための夕食が用意されたのだ。

すっきりとした白と藍《あい》色のどんぶりに、糸のような千切りキャベツが載り、その上に黄金色に揚がった鮪のカツが、食べやすい大きさにカットされて並んでいる。茶色のソースが、とろりと一回ししてあった。

衣もキャベツもソースも、蛍光灯の明かりを照り返して、キラキラして見えた。

お味噌汁も、蓋《ふた》を開ければ熱々で、湯気がふわりと上がる。中にはわかめと油揚げの具が入っていた。

（インスタントじゃないよ……）

「いただきます」の後に一口飲んで、感動する。塩気もちょうどいい。疲れた身体《からだ》に染み渡る。温かいものが喉《のど》を通ったおかげで、止まっていた胃も動きだした気がした。

柵《さく》をカットした鮪のカツは、衣はしっかり揚がってサクサクなのに、中はほんの少しだけレア感が残してあった。そのせいか、噛んでもぱさつかずしっとりして、鮪の味がちゃんとする。

「それね、おいしいわよね。ソースと鮪がよく合ってて」

「……はい、とっても」

「ベースはとんかつソースで、後からすりごまと、砂糖と醬油《しょうゆ》と辛子《からし》……だったっけ？聞いたんだけど忘れちゃったわ」

確かにちょっと変わった、濃厚なごま風味のソースだ。揚げ物の口をすっきりさせる千切りキャベツにも、その下の白ご飯にもとても合う。

凜々は合間合間に味噌汁を飲み、お漬物も口にした。漬物はカブの浅漬け。柚子《ゆず》と昆布の風味がきいている。とにかくお米が甘くておいしくてたまらない。

「聡一郎君ー。朗報よー。わりと好評みたい」

おいしい、と思い。そう思っている、思える自分に驚いた。

いつからか味のしない食べ物を、通勤中に倒れないために口にしていたから。食事がひたすらに億劫《おっくう》で面倒だった。

どうしてこうなってしまったのだろう。

聡一郎が、また座敷に顔を出した。

「どう。気に入ったならいいんだ――」

「……もお、嫌。私、死にたい……っ」

そのシャープな塩顔が、ぎょっと目をむこうがどうにもならなかった。凛々はここまで溜めに溜めたもののせいで、子供のように号泣してしまったのである。


人という生き物は、もはや固く絞《しぼ》っても油の一滴も出ないレベルで恥《はじ》をさらしきると、後は些末《さまつ》なことと思えるのかもしれない。

凛々は泣いた。それでもどんぶりのご飯を口に運び、合間に聡一郎と董に向かって、いかに自分が会社のお荷物で鈍《どん》くさい人間であるかを語った。借り物のタオルで、涙も拭いた。化粧《けしょう》が落ちているかなんて考えたくもなかった。

「……た、ただでさえ落ちこぼれてるんだから、もっと気合い入れてがんばらなきゃいけないのに。もうくたくたなんです。考えると気持ち悪くなっちゃって」

「ふだん何食べてるの？」

　小上がりの手前で腕組みしたまま、聡一郎が尋ねた。

「あるもの……冷蔵庫にお豆腐とか納豆があれば、それ食べて、あと野菜ジュース箱買いして」

　二人が顔を見合わせた。きっと呆れているだろう。

「なんでうまくできないんだろう。このままじゃクビになっちゃうのに」

「それはさー……たぶん凜々ちゃんが、その仕事のこと好きじゃないからよ」

「……え？」

「えって。もしかして好きなの？　ＩＴとかＷｅｂとかデザインとか」

　菫だ。いつの間にか平良ではなく、下の名前で呼ばれていた。心底意外そうに聞き返された。

　しかし好きや嫌いなんて、こんなところで出てくるものだろうか。

「いえ……確かに苦手意識はかなりあって……」

「だよね、そんな感じ」

「でも社会人なんて、多かれ少なかれ我慢して仕事するものだって」

「いやいやアナタ、そんな人を買いかぶっちゃだめよ。ねえ聡一郎君」

「……まあな」

聡一郎が、よっこいせとばかりに小上がりの縁に腰をおろした。あらためて塩顔をこちらに向けてくる。

「うちに来るリーマンのお客さんがさ、飯食べながら話してくれたんだけど。なんか人間ってのは給与と仕事内容と人間関係の、三つのうち二つがましなら、残り一つがダメでもわりと耐えられるらしいんだな。安月給だけど仕事は面白くて、人間関係は普通とか。逆に最悪の上司だけどボーナスは出るし、仕事もこなせなくはないとか、そういう感じで」

凜々は言われて、己を振り返ってみた。

「平良さんの場合は、選択の余地なしで入った仕事内容が合わなくて、あと言っちゃ悪いけど職場の人間関係も……良くはないよね?」

確認される。

「……はい」

情けないことに、否定できなかった。

繰り返される鳴子の叱責《しっせき》。苦笑いの同期たち。とっくに壊れる土壌《どじょう》はできあがっていたのか。

「話聞くかぎり、平良さんは他人にも自分にも嘘がつけないタイプみたいだし。そういう人は、特に心から納得できる職についた方がいい気がする。お互いのために」

「私も聡一郎君の意見に賛成かなー。だって自分の単位にもならないのに、先生に許可取って民俗学の講義聴きに行ってたんでしょ？　凜々ちゃん」

「……俺は専門止まりだから、そのへんよくわからないんだけど。それってすごいことなのか？」

「すごいっていうか、ほんとの勉強好きよ！　人より余計に講義受けてたんだから。私だったら『ガクチカ』なんかより、自分の性格欄《らん》に書いてアピールするところよ。そうねこんな感じ――『私の長所は、疑問をそのまま放置せず、納得がいくまで掘り下げるところです。具体的には一般教養で取った民俗学の講義でA＋の評価をいただきましたが、まだ学べることはあると思い、聴講生《ちょうこうせい》としてもお話を聞きにいきました』、とか」

　姿勢を正した即興のアピールに、凜々は何か目が覚める思いだった。

「……すごい。ぜんぜん別の人の自己PRを聞いてるみたいです……」

「これで短所に『そのぶん頑固と言われるので、いったん深呼吸をして周りを見るよう努力しています』とか付け加えると、補強もできて可愛《かわい》げも出るわよね」

「向坂さん、なんのお仕事なさってるんですか。もしかして大学のキャリアカウンセラーですか?」

「いや、この人は作家。真性のプロの嘘つき」

「ちょっと聡一郎君! 何なのよその言い方」

菫が聡一郎を睨《にら》んだ。しかし、作家であること自体は否定しないようだった。

本物の小説家など、生で見るのは初めてだ。ちょっと興奮してしまった。

「よろしければ、ペンネームを伺《うかが》っても……」

「恥ずかしいからイ・ヤ」

だめか。

「前に一冊読んでみたんだが、俺にはよくわからない世界だった」

「ね。こうやって無理くり白状させられたあげく、こき下ろされるわけよ。だからもう絶対言わないことにしてるの。聡一郎君にもばらしたら締め殺すって言ってあるし」

凜々には計り知れない苦労もあるようである。

しかしそういう人にかかれば、凜々のぱっとしない四年間も、光り輝くものに変わってしまうのか。

こちらが内心で思ったなにがしかを読み取ったように、菫が目を細めた。

「誤解してほしくないんだけど。私、今の話に嘘とか一つでも使った？　全部凜々ちゃんから聞いたエピソードそのまんま。違う？」

「いえ、違いません……」

「でしょ。あとはもう見方とか、切り取り方の問題なわけよ。あなた自身に問題はないんだもの」

　何気ない励《はげ》ましが、胸に染みた。

　もしかしたら、ずっと自分は誰かにそう言ってもらいたかったのかもしれない。

　今の会社に入ってから——いや、入る前の就活の段階から、ずっと否定続きで何一つ自信など持てなくなっていたのだから。

「どんな仕事なら、凜々ちゃんが楽しくできて無理がなかっただろうね」

　何気ない菫の疑問に、凜々もつい考えてしまった。

「……たぶん……そもそものセンスの差とかもあると思うんですけど……」

『ココナッツ・ビー・ラボ』に入る前に思い描いていたもの、実際に入ってみてからの実感、その落差や違和感について、できるかぎり言葉にしてみる。

　デザインには、はっきりとした正解がない。努力の仕方がわからない。

「……何より私、画面に向いて作業するよりも、人と向き合う方が好きみたいです。直接お客様の顔を見て、その人のために色々考える方が楽しいと思う……」

「接客業とか?」

聡一郎が聞いた。

「何かそう思うようになったきっかけとかある?」

「きっかけって言っていいのかわからないですけど……昔、ちょっとだけ近所の学童でバイトしたことがあるんです。低学年の子の宿題を手伝ったり、おやつの準備をしたりとか。感染症がひどくなって、バイトの私は雇い止めになっちゃったんですけど……ほんとならもっと続けたかった」

仕方ないのはわかっている。時期もタイミングも悪すぎた。

凜々は苦笑した。

「その時知り合った子からもらった年賀状、今も宝物です。時々LINEで近況とか教えてもらうんですよ。でも『平良せんせー』がこんな状況になってるなんて、がっかりさせると思うから言えないんですよね」

「それだ」

「へ?」

聡一郎の三白眼《さんぱくがん》気味な瞳が、途端にくっきりした気がする。彼なりに興奮しているというか。

「なんだよ。ないない言って、ちゃんとあるじゃないか『ガクチカ』」

「え、これが？　だって三ヶ月ぐらいしかやってないんですよ」

「それこそ致し方ない理由だろう。今言ったことを、丁寧《ていねい》に説明すればいいだけの話だ。だろう、向坂」

　目をつぶって腕組みしていたストーリーテラーが、深々とうなずいた。

「――うん。たぶんあれね。『学生時代に力を入れていたこと』じゃなくて、『学生時代に力をいれたかったこと』に変えて、こんな情勢じゃなかったらどんなことをしたかったか、それを御社で実現させたいんですとか、真面目《まじめ》に語れば響く会社もあると思う」

　あるのか。そんな。

　凜々は信じられなかった。こんな自分にも、人に語れるような『ガクチカ』が存在していたとは。

「ほらな、平良さん。もう自己PRもガクチカも怖くないだろ」

「……そうですね、本当に……もう一度就活やり直したい」

「別にストレートに先生にならなくても、民間学童とかスクール運営の求人とか、今はまた募集かけてるだろうし」

嬉しくて救われる思いで、でもこれを大学時代に聞ければどんなに良かったかと思った。保険のつもりで教職課程は取っていたが、凜々がいたのは経営学部だ。本気でそちらの道に進もうとしている人は少なかった。凜々も普通に就職する気でいたのだ。

自分の中を深掘りして、視点や切り取り方を変える。誰にも嘘はつかなくていい。それでもこれだけのことができることを、今知るのではなくて。

「私、そろそろお暇《いとま》しますね」

「ちょっとは気が晴れた？」

「はい。野洲さんのお料理、とってもおいしかったです」

過ぎ去ってしまった時間が切なくて、凜々はトートバッグを手に立ち上がった。

「お勘定《かんじょう》は――」

「いや、いいよ。こういう時は取らないことにしてるんだ」

「そんなダメですよ。この子のミルクまで用意してもらったのに――」

絶対に払うつもりで、タオルの中で寝ている子猫を振り返った。

拾ったサビ柄の子猫は、凜々の声に薄目を開けると、小さな口を目一杯開けてあくびをした。もぞもぞと動いて伸びをして――ふっと消える。

（え？）

思わず目をこする。でもやっぱりいない。さっきまでいたのに。

聡一郎に聞く。

「あの、今の見ました？」

「見たというか」

「いたのに消えちゃったんですよ。すーって。私の見間違いじゃないですよね。なんで？私ちゃんと連れて帰るつもりで、一晩たったら病院にも行くつもりだったのに」

首輪の色も、名前の候補も考えていたのだ。サビ柄なので、『ピカソ』か『ジャモカアーモンドファッジ、略してジャモジ』が有力だった。

座卓の下、タオルや座布団の裏までひっくり返して子猫を探していた凜々に、聡一郎は言った。

「いや、たぶん普通に満足して橋を渡ったんだと思う……」

「橋？」

「あの猫、死んでただろ。腹一杯になって成仏《じょうぶつ》したんだ」

淡々とした言葉の意味が、凜々には理解できなかった。

とどめに彼は、そうやって戸惑う凜々をまじまじと見て。

「というか……平良さん。君、まさか生きてるのか」

どういうことなのだ、いったい。ねえ。

今度は凜々が、聡一郎側の話を正座して聞くはめになった。

聡一郎が、己の失敗を悔《く》やむように、眉間《みけん》に皺《しわ》を寄せ、切れ長の目を閉じたままうめいた。

「まさか……そうか……そうきたか……」

「確かに死んでる人は、自分からもう死にたい、なんて言わないわよね。死に済みなんだし」

「わかってるなら早く言えよ、向坂」

「そんなのみんな結果論よ。後から思えばいくらでも言えるってやつ」

「くそ」

舌打ちに毒吐きまで出た。

「私の感覚なんて、聡一郎君と五十歩百歩だから。そっちがわからないなら、私もわからないって思って」

聡一郎は、深々とため息をついた。

「野洲さん。ちゃんと説明していただけませんか」

「そうだな。その通りなんだけど……どこから説明すりゃいいもんだか……」

　相当込み入っているようだ。

　だが構わないと、凜々は思った。明日の朝一番で動物病院に連れていかねばならないはずの子猫は、目の前で消えてしまったのである。時間なら充分ある。

「とりあえずさ……そこの橋の下に、公園があるだろ。音無川が流れてる」

「はい、知ってます。音無川親水公園ですね。毎日通勤に使ってます」

　それが何か。

「あの音無川って、一般的には石神井川の支流ってことになってるよな。でも本来は、あっちがもともとの石神井川の流れなんだ。それをもっと流れをよくしようってんで、新しく飛鳥山の地下を真っ直ぐぶち抜いて、そっちに流れが行く工事をした。それが飛鳥山分水路。今から四十年ぐらい前の工事だ。石神井川の水質もかなり良くなった」

「あの、野洲さん。それと幽霊になんの関係が」

「いいからもうちょい聞いてくれ。そうやって水の流れを大きく変えてしまった結果な、音無川として残った公園のあたりに、死者の魂が溜まりやすくなったんだと」

　凜々はさんざん泣いてきた目を、ぱちくりとしばたたかせた。

「川底の落ち葉の話ですか……？」

「ああ。俺のじいさんも、そんな風に説明してたな。その魂自体に害はない。だいたい四十九日《じゅうくにち》あたりを過ぎれば勝手に成仏する気分になって、目の前の音無橋を渡って彼岸《ひがん》に旅立つ。旅立つ手前で休憩《きゅうけい》したい時は――ここに来る」

たもと屋のことだと思った。

ここまで聡一郎は、凜々を怖がらせようと何かを強調したりもせず、語り口もそれまで通りで淡々としていた。

だからこそ、彼の言葉には嘘がないような気もしたのだ。

「じいさんは、幽霊が出るせいで誰も借り手がつかなかった物件を格安で借りて、この店を始めた。客が生きた人間だろうがそうじゃなかろうが、追い返したりなんかしなかった。だから俺もそれにならって、橋を渡る前の幽霊はできるだけもてなすことにしているんだわ」

「それで私のことを、お店に入れてくださったんですか？　幽霊が軒下《のきした》に来てると思って」

凜々は雨宿りをしていただけだが、彼の方から入れと声をかけてきたのだ。

聡一郎は、ややばつがわるそうな顔をした。

「悪いとは思ってるよ。ただ今日は、いつもより条件が整ってたんだ」

「仏滅《ぶつめつ》とかですか」

「カレンダーに四がつく日で五割、そこに雨が降りだすと七割ってとこだ」

天気予報なら、傘は必須《ひっす》の数字だ。確かに馬鹿にできない確率である。

「巣鴨《すがも》のとげぬき地蔵商店街で、縁日がある日って覚えとくといいわよ。たいてい都電がマダムで埋まって混んでるから」

「余計混乱するから黙っててくれ向坂」

「向坂さんも、この件はご存じで……？」

凛々が聞くと、菫は「まあね」と気のない調子でうなずいた。

「一回そういうシーンにぶち当たっちゃったから、慣れたっていうか」

「俺は死者の幽霊を、見たり聞いたりすることはだいたいできる。他の人が見えない状況でも、カンは働く方だ。でも触ったり食べさせたりすることができるのは、この店の中だけなんだ」

いわく、幽霊は、たもと屋の中でのみ完全に生前の姿を取れる。満足したら橋を渡る。

聡一郎は、長年そう思ってきたのだという。

「だから最初に平良さんを見た時、変だと思ったんだ。腕に抱いてる猫、どう見ても前に野良猫が産んで助からなかった子猫の柄《がら》だったからさ」

「え……」

凛々は、思わず息を呑《の》んだ。自身の両手を見つめる。

子猫の柄。左右で毛色が分かれた、ちょっと特徴のあるサビ柄。

「外で幽霊に触れる人って、俺は今まで見たことがなくて。だからてっきり平良さんもあっち側の人なんだと思ってさ……」

ちょっと待って、と思った。

（……だって。めちゃくちゃ感触あって）

あの子は凛々を見て、にゃーにゃーと甘えて鳴いて、触れば温かかった。毛並みは子猫らしく細くふわふわで、爪は細く尖っていた。

でもあんなに可愛《かわい》らしい子猫だったのに、周りにいた人たちは、まるで存在自体見えないように振る舞って歩いていた――。

「もしかしたら凛々ちゃんの人生で、そうとは知らないで幽霊とおつきあいしてたこともあったかもね」

「え、ええ……」

どうしよう。衝撃と困惑が一気にやってきてしまった。

「……あの子、成仏できたんですよね……だから消えた」

かろうじて言えたのは、そんな確認ともつかない呟《つぶや》きで。

聡一郎がうなずいた。

「平良さんに拾ってもらって、腹一杯、満腹になって寝て、もう思い残すことはないって感じだろ」

そうか。ならいいのかと思った。

迷子の迷子の子猫ちゃん。ちょっと面白い柄のピカソちゃん。一匹でさまようことをやめ、帰るべき場所に帰ることができたのなら、きっと悪いことではない。

「それにしても――」

「ん？」

「私って、そんなに顔色悪いですか？　死んだ人と間違えてもおかしくないぐらい？」

凜々の質問に、聡一郎はぐっと露骨に言葉を詰まらせてしまった。

「……いやだからほら、幽霊触れる人とか条件が違ったから」

色々と言い訳をしてくれる姿に、やっぱりこの人は善人だと思った。本当に本当に紙一重《かみひとえ》だったのだ。

「お世話になりました」

「じゃあねー、聡一郎君」

凜々は今度こそ、たもと屋を後にした。

一緒に店を出た菫は、荒川区の町屋《まちや》に住んでいるそうで、都電荒川線で帰るらしい。JRや地下鉄より早い最終電車を捕まえるべく、王子駅への急坂を軽快に下りていった。

そして凜々だ。

入った時はさかんに降っていた雨だが、こうして交差点の手前で見上げる夜空は雲が割れ、合間に月まで出ている。

アパートへいたる、住宅街の短い道を、一人歩く。

知らなかったことを知った。気づかなかったことを教えてもらった。

時間を戻すことはできない。そのことに対する痛み、忸怩《じくじ》たる思いはある。

でも一つだけ確かなことがある。

私には、可能性が沢山《たくさん》あったということだ。

＊＊＊

次にたもと屋を訪れたのは、一ヶ月後のお盆を過ぎた頃だった。

真昼の日差しはまだまだ痛いぐらいで、見知った白いのれんが出ているのを見てほっとした。

(良かった、営業してる)

入り口に、手書きのメニューボードが置いてあった。本日のメニューは、『豚の味噌《みそ》漬《づ》け定食』と、『オムライス』らしい。たぶん聡一郎が書いたのだろう、想像以上に可愛らしい字だった。

曇り硝子《ガラス》の引き戸を開けると、目につく客はほとんどがおじさん——いいや、日本経済をになう中年紳士ばかりで、戸惑った。しかし厨房《ちゅうぼう》に立つ聡一郎が、「平良さん?」と気づいてくれた。

——助かった。もうちょっとで場違いかと引き返すところだった。

「いらっしゃい。こっちの席座りな」

「すみません。失礼します……」

聡一郎が言うように、カウンター中央の席が、一つ空《あ》いていた。お食事中のおじさまとおじさまに挟まれる形で、座らせてもらう。

「今日は平良さんは——」

「野洲さーん、お勘定《かんじょう》」

テーブル席の男性客が立ち上がって、手をあげた。

聡一郎がカウンター脇のレジに向かう。精算が終わればテーブルの食器を片付けて綺麗《きれい》にし、また凜々の前に戻ってくる。

「ごめん、話の途中で」

「……すごいお忙しい時に来ちゃったみたいですね……」

今は平日のランチタイム、ど真ん中。考えてみれば、飲食店が一番混み合う時間だったかもしれない。

「どうせこの一時間だけだよ。近くに区役所とかあるからさ。平良さんの方は、会社休み？　夏休みか」

「そんな感じです」

凜々は曖昧《あいまい》に笑った。

こちらが現在着ているのは、ゆるめのTシャツに綿スカートという格好で、私服にしてもそのへんのご近所をうろつく時の格好に見えるだろう。

「来よう来ようって思ってたのに、なかなか機会がなくて」

「そういうもんだよ。ご注文は？」

「定食の方でお願いします」

メニューボードを見た時から決めていた。おかげで迷うことなく注文できた。

「定食ね。了解」

聡一郎が、金属製のバットに漬けこんだ豚のロース肉を、フライパンで焼いていく。

色よく上下を焼き付けたら、包丁で食べやすい大きさに切って、フリルレタスとトマトを盛り付けた皿の上へ。一連の動作に無駄というものがまったくなくて、骨張った男性の手が綺麗だとさえ思った。

「……ところで野洲さん。今ここにいるお客様って、全員生きてらっしゃいますよね。あの世の方とかはいらっしゃいませんよね」

何しろ前は子猫の幽霊だったので、人間はまだ未体験なのである。

「心配しなくても、みんな現役《げんえき》だよ」

「ですよね」

どういう会話だろう。不謹慎《ふきんしん》だが、どこかで期待しているふしがあった。

まあ今日は四のつく日ではないし、雨も降っていないので、身構える必要もないのかもしれないが――。

「はい、お待ち。豚の味噌漬け定食」

聡一郎がカウンターの上に、白木の盆を置いた。

メインの豚の味噌漬けに加えて、副菜の小鉢《こばち》と味噌汁とご飯、お漬物もついていた。

凛々はいただきますと、嬉しい気持ちで箸《はし》をつける。空腹で来て良かったと思った。

実家で豚の味噌漬けが焼いて出されることもあるが、まず二回に一回は味噌が先に焦げて残念な感じになる。当たり前だがプロの焼き加減はちゃんとしていた。

(おいしー……)

表面の焼き付けた味噌の香ばしさは残しつつ、中にもちゃんと火が通り味も染みている。蜂蜜《はちみつ》とニンニクをきかせた味が、白いご飯に泣けるほど合う。暑さで消耗《しょうもう》した身体《からだ》に力を与えてくれる気がした。

(小鉢は小鉢で、茹《ゆ》でたブロッコリーと竹輪《ちくわ》……あ、これごま油で和《あ》えてある。幸せ)

シンプルな塩味。ナムル風か。

味噌汁はわかめと絹ごし豆腐の優しい味で、漬物の柴漬けもいいアクセントだった。どんぶりが単品ストレートの強さなら、定食は組み合わせのコンボで点数を上げるのだとあらためて思った。

「夏は豚で疲労回復、これ王道って感じだよな」

「はい。とってもおいしいです」

思わず笑みがこぼれた。

聡一郎は作業の手を一瞬止め、まじまじとこちらを見つめた。心持ち真顔の度合いも上がったような気がする。

「どうしたの」

「はい？」

「かなりましな顔してるから」

――まし、とは。

凛々もまた真顔になり、聡一郎の言葉の意図を考えた。

しかし、たぶんそのままの意味なのだろう。

「そうですね。強《し》いて言うなら、あの会社辞めたんですよ」

「え」

「あの後、社長に退職の相談をしまして。いま晴れて求職中の身です」

辞めたいと申し出て、てっきりすぐに受理されるかと思ったが、待っていたのは『ココナッツ・ビー・ラボ』社長藤沢鳴子の、強烈な引き留めだった。

駄目よ！　ちょっと辛《つら》いからって逃げてどうするのと、懇々《こんこん》と説《と》かれた。あなたみたいな甘ちゃん、よそに行ったってやっていけるわけないいんだからとも。

以前の凜々だったら、彼女の勢いにのまれ、そのまま流されてしまっていただろう。謝って引き下がって、それで何も変えられずに一日一日を消耗していたはずだ。

だけど――。

『そう思って挑戦しようとしなかったのを、ずっと後悔《こうかい》しているんです』

『なんですって？』

『沢山ご指導いただいたのに、恩を仇《あだ》で返すような真似《まね》をして申し訳ありません』

気持ちはずっと揺らがなかった。だから最終的には、渋っていた鳴子も退職を認めてくれた。

先日の勤務最終日を終えた時、その彼女にエレベーターの前で言われた言葉があった。

「……腹がたつわ。辞めるとなったらようやくましな顔になるんだから、って。社長、ちょっと悔《くや》しそうでした」

どうだろう。奇《く》しくも聡一郎の言葉とも重なってしまったわけである。

ここで笑える自分は、決して強がりではない、と思う。

「野洲さんたちとお話しして、もう一度、就活をやり直す勇気が出たんです。第二新卒として、色々チャレンジしてみようと思います」

　現状としては、何一つ確かなことはない。無職は無職。ゼロよりもマイナス。でも、今はそれがとても自由に思えてわくわくしていたりもするのだ。

「もちろん今度は『なんでも』じゃなくて、納得できるやりたいことにたどりつけるようにですけど」

「平良さん……」

「というわけで、ご報告です。できれば野洲さんには知っていてもらいたくて」

　そこまで言うと、さすがに気恥ずかしさが先にきた。聡一郎の目が、別の意味でまともに見られそうにない。

「そっか。がんばって」

「はい、がんばります。お勘定《かんじょう》お願いできますか」

　食べた定食の代金を支払い、店を出た。こちらと入れ替わりで、サラリーマン風の男性が一人、たもと屋ののれんをくぐっていった。

　凜々はむせかえるような真昼の熱気の下、心持ち歩幅を広げて歩き出す。

　アスファルトの陽炎《かげろう》は、航海の水平線に見立てられるような気がした。

　——そうとも。いっちょやってやるぞ！

＊＊＊

とりあえずは昼のピークタイムを無心でさばき、ようやく店内が落ち着いた頃。野洲聡一郎は、一人で頭を抱えてしまった。

「どうすんだよ、おい……」

いきなり会社辞めたって。あんなにあっけらかんと。

ひょっとしなくても、自分のせいか。悩みを聞いて色々アドバイスめいたこともしたが、まさか本気で退職してしまうとは。

「困ったわー。どうしましょう聡一郎君」

その声は、テーブル席の壁を挟んで半個室となった座敷から聞こえてきた。

常連客の向坂菫が、執筆用のノートを広げてこちらを見つめている。

昔から初稿は手書き派らしく、店内が他の客で混み合い出すとだいたいこちらに移動してガリガリ書いている。凛々とのやりとりも聞いていたようだ。

「こっちは死んだ人間相手だと思って、色々言っちゃった部分もあるものね。現世にそのまま適用されたら、ちょっと待ってとか言いたくもなるよね」

「向坂。実際その通りなんだが少しはオブラートに包んでくれないか」

ぐさぐさと刺さりまくりだ。

「人の人生曲げられるほど偉くもなし」

「それな」

ため息が出る。救いは凛々が前向きそうなことか。

真面目《まじめ》で不器用で、取り扱いを間違えればぽきんと折れそうなタイプに見えたが、想像以上に大胆《だいたん》でもあったようだ。いや、むしろああいう手合いだからこそ、真に受けて極端な選択になったのかもしれない。

せめて次が見つかっていればいいが、それもまだのようだ。大丈夫だろうか。

「じゃあもう聡一郎君。こうなったら責任取ってあげたら？」

「は？」

「なかなか可愛《かわい》い子じゃないの。正直そうだし」

菫はにやにやと笑っている。『不思議の国のアリス』に出てくる、チェシャ猫が思い浮かんだ。人間ではない。

「そういうギャグは、笑えんからやめろ」

「そう？」

「普通にセクハラ案件だぞ。おっさんか」

「えー」

　凜々に菫のことを、作家で真性のプロの嘘つきだと紹介した。菫は不満そうだったが、決して間違いではないと聡一郎は思う。

　こんなに大嘘つきで厄介《やっかい》な女、他に見たことがなかった。

＊＊＊

　ノートパソコンの画面上に、知らないスーツ姿の男性が映っている。

『平良さんは卒業してから、いったんデザインのお仕事につかれていたんですね』

「はい。Ｗｅｂ企画の会社で、サイトやバナーなどを制作する作業に取り組んでおりました」

『お辞めになったのは？』

「Ｗｅｂデザイナーとして採用していただき、とても勉強になりましたが、もっと人と人との距離が近い仕事に挑戦したいという思いが強くなったのです。大学時代にした学童のアルバイトが、感染症の影響で短期のまま終わってしまったのが、ずっと心残りで。後悔したくなくて御社の求人に応募いたしました」

その人は四角い顔に四角い眼鏡《めがね》をかけて、反対に上半身はずんぐり丸いラインの持ち主で、粗《あら》いポリゴンでも再現できそうな造作をしていた。

同じ画面の端には、黒いリクルートスーツを着て緊張する、自分の顔も小さく映っている。染めも抜きもしていないセミロングの髪を一つにくくり、正直面白みも何もない顔だが、今度の職場はファッションが物を言う場ではないと信じている。

『弊社《へいしゃ》は私立受験コースの小一から小六、高校受験コースの小四から中三までを対象とする進路指導、学習相談や教室運営などを、社員の方にはお願いしております』

「はい。是非《ぜひ》よろしくお願いいたします」

そのままいくつかの質問事項を両者で確認し合い、オンライン面接は終了となった。

向こうとの接続が完全に切れてから、凜々はぐったりと脱力した。

「──疲れた……」

賃貸アパートの二階、六畳《じょう》一人暮らしの1Kで、生活感を出さずに面接を受けるのも大変だ。

理想を言うなら背景は何もない壁で、椅子《いす》に座って背筋をのばしてが望ましいのだろうが、現実はローテーブルの上に雑誌を何冊か重ね、カメラの高さを調整して似た環境をねつ造するしかない。ラグとフローリングの間に正座をして座っていたので、後半は足がじんじん痛んで仕方なかった。

オンラインに慣れた猛者《もさ》は、カメラに写る上半身だけスーツを着て、下はパジャマという人もいるらしい。凛々の場合は、そこまで割り切れなかった。

さてさて、今回の手応えはどんなものだろう。

（……悪くはないとは思うんだけど。ご縁だからな、こういうのは）

足から蛇の抜け殻《がら》のようにストッキングを引っぱりながら、考える。

八月の終わりに『ココナッツ・ビー・ラボ』を辞めて、それから塾や予備校、民間学童など、ぴんときた求人に片っ端《かたぱし》から応募した。一ヶ月が過ぎた今、何件かは書類選考を通り、面接にこぎつけることができた。

一次試験は、さきほどのようなオンライン面接が多い。交通費がかからないことだけは、素直にありがたいと思っている。応募しても残念ながらお断りされた会社も多いが、不思議と在学中のような悲壮《ひそう》感は湧いてこなかった。条件的には今の方がよっぽど崖《がけ》っぷちなのに、不思議なものである。

（二時か……もう遅いけどお昼食べにいこうかな）

凛々は壁の時計を確認する。

今日午後一番のこの面接が終わるまでは、気になってどこにも行けなかったのだ。夕方にもう一件、別の面接の予定が入っているが、いったん休憩《きゅうけい》することにした。

堅苦しいリクルートスーツをハンガーにかけ、楽な私服に着替えて部屋を出た。

凛々が暮らす『ハイツ王子飛鳥山』は、王子駅の親水公園口から徒歩十分。坂の上の閑《かん》静《せい》な住宅街の中にあり、同じ敷地内にオーナーの一軒家も建っている。

二階の外階段を下りていくと、大家の皆口泰蔵《みなぐちたいぞう》が、一人で植え込みの草を抜いていた。

「こんにちは」

「おお、平良さんですか。おでかけですか」

泰蔵が土のついた雑草片手に立ち上がり、腰をさすりながら目を細めた。

最近、泰蔵はめっきり老け込んだなと思う。

はっきりとした歳《とし》は、聞いたことがないのでわからないが、恐らく七十代の半ばから後半ぐらいだろう。凛々が知るかぎり、いつも襟《えり》つきのシャツをスラックスにインして着ている、老紳士という言葉がぴったりくる人だ。

今も格好は似たようなものだが、第一ボタンまでしっかり締めたワイシャツの首回りに隙間《すきま》ができているし、七三分けの白髪は、風もないのに乱れている。もしかしたら、散髪に行きそびれているのかもしれない。

「はい。ちょっと遅いですけどお昼を食べに」

「お昼……もうそんな時間でしたか」

「え。いま二時ですよ」

「二時。本当だ」

腕に巻いた高そうな金時計を見て、初めて知ったような顔をしている。

その時計も、だいぶベルトがだぶついてしまっていた。

「まあいいですよ。そのうち夜になるでしょう」

「いえいえ、ちゃんと召し上がった方が」

「そうは言っても平良さん、日に三回も食事の支度《したく》なんて億劫《おっくう》でね。弁当ですませようにも、コンビニもスーパーも遠いでしょここ」

「わかりますけど」

ものすごく共感できる。疲れた日に家事なんてしたくない。買い出しも面倒。でも、それを是《ぜ》としてはいけない。たぶん身体《からだ》を壊す。

やっぱり、『あの件』が尾を引いているのかもしれない。

「……大変ですよね。全部お一人でやらなきゃいけないんですし」

泰蔵の妻、小百合《さゆり》が亡くなったのが、今から三ヶ月ほど前のことだ。体調を崩し入院してからあっという間の出来事だったそうで、それまでアパートの周りを掃除《そうじ》し、店子《たなこ》の凜々に挨拶《あいさつ》をしていたのは、泰蔵でなく小百合の方だった。店子の凜々は町内会の掲示板で訃報《ふほう》を知ったが、余裕がなくてろくなお悔《く》やみの言葉も言えなかったのを申し訳なく思ってはいる。

今泰蔵は、アパートの管理に加えて身の回りのことも、全て一人でこなしているようだ。彼の年代では、慣れないことも多くて大変なことだろう。

結果として面《おも》やつれした感がある泰蔵に、凜々も心配してしまうが、泰蔵は存外穏やかな表情で目を細めた。

「まあ幸いにしてね、うちの家内は細かい奴で、いよいよ自分の方が先に行くとなったら指南書を残してくれたんですよ」

「指南書？」

「そう。新しい手帳一冊使って、服の仕舞い場所から掃除のやり方、ワイシャツをクリーニング屋に持ってく方法までみっちり書いたやつを進呈されたんです。それがあるんで、なんとかやれていますよ」

泰蔵はここまで引き抜いた雑草を、指定のゴミ袋に入れた。

「ただいくら備えがあっても、料理だけはどうにもいかんですね。家内流に色々書いてはあるが、私にはチマチマして性《しょう》に合わないんですよ」

「今はネットスーパーとか、お弁当の宅配もありますし……」

「これ以上わずらわしいのはちょっと。お気持ちだけいただきますよ。ありがとう」

泰蔵は笑って礼を言ったのだった。


大衆食堂のたもと屋は、なんだかんだとアパートから見て一番近い飲食店だ。

凜々もこの頃になると、遠慮《えんりょ》なく店の年季が入った戸をくぐるようになっていた。

「こんにちは野洲さん」

「——ああ君か」

店主の野洲聡一郎が、テーブルを清掃しながら顔だけ上げた。いかにも常連客向けな反応に、凜々は満足した。

すでに食べ終えた客は精算も終え、店を出た後のようだ。ピークタイムを過ぎた店内に人の気配はなく、カウンターもテーブルもがらんとしている。

「ランチまだ大丈夫ですか？　オーダーストップ二時半でしたよね」

「OK。残り一食ずつだよ」

それはラッキー。今日は盛況だったようだ。

凜々はいそいそとカウンター席についた。

昼の営業が十一時半から三時まで。そこから休憩と仕込み時間を挟んで、夕方の五時から夜の部が再開されるらしい。常連なので覚えている。

「で、職は決まったの」

「いきなりそれですかー」

凜々は悲鳴をあげた。

「呑気《のんき》に外食とかしてる場合なの。大丈夫なの」

「……一応大丈夫な範囲で来てるつもりです……」

回数はお財布と相談しながら、ちゃんと絞《しぼ》っている。むしろ貴重なエネルギーチャージ現場なのに。

仮にもお客に来るなと説教する、聡一郎も聡一郎だ。邪険にされるのは、少し悲しい。

「後で余った飯とか握ってやろうか？　漬物もいる？」

「あのほんと、そこまでお気遣いいただなくて大丈夫ですから」

「俺も焚《た》きつけたところがあるし」

そんなに不憫《ふびん》に見えるのだろうか。

「私は野洲さんに感謝しているんですよ」

「感謝ね……」

聡一郎の口調はどこか皮肉げで、こちらの気持ちが伝わっていない感じがするのは、もどかしいものがあった。

「それで、今日のご注文は？」

「あ。表の看板、見るの忘れてました」

「定食がレバニラ炒《いた》めで、どんぶりが天津飯《てんしんはん》」

なるほど中華で縛《しば》るか。非常に悩むが――。

「レバーで鉄分欲しい感じなので……レバニラ！　で」

「あいよ」

気のない声で聡一郎が、準備に取りかかる。

いとも簡単そうに手を動かしているが、下味と粉をつけてからりと揚げた豚レバーと、ニラともやしを調味料と一緒に手早く炒め合わせる手際《てぎわ》は、見事としか言いようがない。

みとれているうちに火が通り、中華鍋《ちゅうかなべ》から一人前のレバニラ炒めが皿へと移された。そこから小鉢《こばち》と味噌汁《みそしる》、ご飯と漬物もつければ、ほかほかのレバニラ炒め定食ができあがりだ。

「お待ちどうさん」

「ありがとうございます」

凛々は口元を緩ませながら、カウンター越しに料理を受け取った。

メイン以外の副菜を見るのも、毎回楽しみなのだ。今回の小鉢は――なんとそぼろが入ったカボチャの煮物。レバニラ炒めとの、味や色の対比も鮮やかだ。きっとおいしいに違いない。

いつも味噌汁のところが中華風のわかめスープで、漬物がザーサイなのが憎い演出と思う。地味ながらトータルコーディネートが効いているというか。

「そうだよね、大家さんもたもと屋に来ればいいのに」

「……なに?」

思わずこぼれた独り言に、聡一郎が反応した。

「私がいま住んでいる、アパートの大家さんのことですよ。最近奥様を亡くされて、食事を作るのも不自由しているみたいなんですよね」

コンビニが近くにないのはどうしようもないが、ここは歩いてすぐだし、味つけは濃すぎず薄すぎず、肉も野菜もたっぷりで栄養のバランスもいいのは、保証つきなのだ。泰蔵のような人こそ、利用しない手はないだろう。

「なるほどね。店としちゃ歓迎したいところだが……」

「ですよね。自炊《じすい》がしんどいならもう、外に頼ればいいと思うんですよ。絶対お薦《すす》めしよう」

「ただまあ平良さん、あんまり押しつけにならないようにな」

諭《さと》すような聡一郎の目。

宣伝は喜んでもらえると思ったが、そう簡単にはいかないようだ。

「難しいですか……」

「年取ってから習慣を変えるのは、思った以上に大変だぞ。そもそも外食自体が慣れなくて、受け付けない人もいるからな」

「……確かにそうですね」

「他人を気にするよりも、まず職を探そうな」

痛い痛い。正論が痛い。

胸をおさえてもだえていたら、店の引き戸が、からりと開いた。

「いらっしゃいませ」

聡一郎がやってきた客に挨拶をする。つられて戸口を見た凜々は、とっさに両手で口を塞《ふさ》いだ。でないと悲鳴が出るところだった。

（うそ）

落ち着け。冷静になるのだ平良凜々。

「……………や、野洲さん」

「なに」

震え声で伝える。

「あのお客様、たぶんあちら側の方です。いま言った大家さんの、亡くなられた奥様」

「──まじか」

聡一郎も呟《つぶや》いた。大まじなのである。

泰蔵の妻、皆口小百合は、掲示板の訃報《ふほう》によれば、享年《きょうねん》七十四歳。いつも管理しているアパートの周りを綺麗《きれい》に掃除《そうじ》し、店子が通りがかれば挨拶を欠かさず、格好もしゃんとして身ぎれいにしていた女性だった。

今、たもと屋に現れた小百合は、記憶の中の彼女より少し明るい色のブラウスに、ふくらはぎまでくる長めのギャザースカートをはき、手にはおでかけ用らしい、やや古めかしいゴブラン織りのハンドバッグを持っている。

凛々は自分の鞄《かばん》に手をのばし、スマホで日付を確認した。やっぱりそうだ、今日は巣鴨の縁日で都電が混み合うという、四がつく日。

――表の天気は今、どうなっているだろう。

「一人なんですけど、よろしいかしら」

「もちろんです。お好きな席にどうぞ」

さすがに聡一郎は場慣れしているようで、すでに亡くなった女性が店に現れようが、動《どう》揺《よう》を顔に出すような真似《まね》はしなかった。

小百合は店内を一瞥《いちべつ》し、さして迷うことなく、カウンター席に腰掛けた。具体的には、凛々の隣の席である。

「お久しぶりね、平良さん」

「……ど、どうも。ご無沙汰《ぶさた》しております……」

「会社お辞めになったんですって？　早くいいところが見つかるといいわね」

なんで知っているんですかと言いたかった。入院して亡くなったのは、凛々が辞める前のはずなのに。

混乱する凛々をよそに、小百合は聡一郎に尋ねた。

「ここは和食屋さんなの？」

「いえ……日替わりで色々作っています。基本は定食とどんぶりで、今日はレバニラ炒め定食と天津飯でした」

「そう……中華もあるってことね……炒め物の方をいただこうかしら」

「あ、でもすみません。昼のぶんの定食は全部はけて」

「でしたらっ、こちらを召し上がりますか小百合さん！」

凜々は、まだ湯気をたてている、己のレバニラ炒め定食を両手で勧めた。

「まだ箸《はし》もつけていませんし。熱々です。よろしければ」

「――そんな若い方のご飯を取るような真似、できますか。あなたが召し上がって」

「でも……」

「天津飯なら大丈夫？　それを一つ」

「かしこまりました」

すげなく凜々の申し出は却下《きやつか》され、小百合は聡一郎にオーダーを通した。

「ほら、熱々なら冷めないうちにおあがりなさいな」

「わ、わかりました……」

「こういうのってね、作った側はがっかりするのよ。ただ食べる側の人はわからないでしようけど。お兄さんもそう思わない？」

聡一郎は注文の品を作りながら、「色々ありますよね」と返した。愛想はないくせに、無難で大人な返事だなと思った。

凛々は言われた通り、レバニラ炒め定食を口に運ぶ。

(くー、やっぱりおいしい……)

少し悔《くや》しいぐらいだ。レバーは特有の臭《くさ》みもなく、硬くならずにぷりぷりだし、ニラともやしは炒めてもなお新鮮な感じにしゃきしゃきだ。カボチャのそぼろ煮も、甘さの中に生姜《しょうが》が隠し味としてよく効いていた。

わかめスープは、ラー油入りでちょっとピリ辛《から》。

同時に使いこんだ食堂の椅子《いす》に、ちょこんと置かれたように座る小百合の、生前と変わらない横顔をうかがうのもやめられなかった。

顔色は見ようによっては、ふだんより赤みが足りないだろうか。化粧《けしょう》のチークで充分ごまかせるレベルだが。

「……ご存じなんですよね」

「なあに?」

「その、大変失礼ですけど今の状況というか」

「亡くなっているっていうこと?」

随分《ずいぶん》ストレートに返すなと思った。こんな人だっただろうか。凜々は多少のやりにくさを覚えながらうなずいた。

「町内会の掲示板に、訃報《ふほう》の貼り紙がしてあるのも見ていたんですけど……お葬式も参列できなくてすみません」

「いいのよ。アパートの入居者さんに来ていただこうなんて、こんなご時世に思っていないわ」

「でも、いつもお世話になっていたじゃないですか。なのに私、自分のことだけで手いっぱいで」

これは嘘ではない。小百合が亡くなった六月あたりは、会社で成果が出せずどん底にいたのだ。

「そもそもお通夜《つや》やお葬式の頃は、私も意識がないままだったのよ。知りようがないわ」

「……そういうものなんですか？」

「入院したのは、板橋《いたばし》の大学付属病院だったでしょう。そこで何もわからなくなった後、気がついたら音無川親水公園の中にいたの」

まだ梅雨《つゆ》は明けておらず、川の水量もある時期だったので、水辺の水車がくるくる回っていたのが印象的だったらしい。

死者の魂が、音無川中心に溜まりやすいというのは、本当だったようだ。

「自分が以前とは違うものになってしまったっていうのは、なんとなくわかるものなのよ。それでしばらくお仲間の方と話しながら漂っていたのだけど……意外と不便よ、平良さん。公園からよそに行こうとしても、今の身体《からだ》じゃ音無橋を渡ったりもできないし」

「ああ。成仏《じょうぶつ》しちゃうんですね」

「そう。橋を使わなくても、あの場所から離れすぎるのがだめ」

小百合が試してみた結果、音無川親水公園を中心にして王子駅、飛鳥山の一部、このたもと屋や凜々のアパートあたりまでが、移動の限界だったらしい。

このいかにも上品な老婦人が、そういうことをこつこつ実地調査したのかと思うと、複雑な気分だった。

「お待たせしました。天津飯《てんしんはん》です」

「あらありがとう」

カウンターの上に、新しくお盆にのった料理が出る。

スープも天津飯本体もほかほかと湯気をたてたできたてで、凜々は小百合のかわりにお盆を小百合の前まで移動させた。

「おいしそうね」

小百合が微笑《ほほえ》む。

青磁《せいじ》の中華皿の上に、こんもりと盛り付けられたご飯と卵。半透明な餡《あん》の中には紅白のかにかまが泳ぎ、可愛《かわい》い緑のグリンピースがトッピングしてある。セットのザーサイも小皿で添えてあった。

「いただきましょうか」

「そうですね冷めないうちに」

「ええもちろん」

小百合はレンゲを手に取り、目の前にある天津飯をすくって口に入れた。

「い、いかがですか？　お味のほどは」

「……あんまり見つめられると食べづらいわ」

小百合はハンドバッグからハンカチを取り出し、口元をおさえる。

「関西風のお味なのね、この天津飯」

向かいの聡一郎に尋ねた。

「ご出身は西の方？」

「いいえ、そういうわけではないです。塩だれの配分は、父方の祖父から習いました。甘酢で作る時もあります」

「そう。私の実家は西宮《にしのみや》でね。たまに作ったから馴染《なじ》むかもしれないわ」

年配の女性と話す時の聡一郎は、少しだけかしこまった雰囲気《ふんいき》になると思う。

「……天津飯って、そんなに種類があるものなんですか」

凜々は二人の会話を不思議に思い、つい口を挟んでしまった。

「知らない？　餡が甘いものと甘くないものがあるだろ」

「甘くない天津飯？」

なんだろう、それは。

言われてみれば聡一郎の作った天津飯は、記憶のものに比べて赤みが足りないような気もする。凜々の知っている天津飯は、ご飯の上に卵と甘酸《あまず》っぱいソースがかかっているものだ。

「甘酢と塩だれの二種類があってさ、酢と砂糖にケチャップや醬油《しょうゆ》なんかを足して片栗《かたくり》でとじた甘酢あんバージョンと、塩や醬油と鶏ガラスープを片栗でとじた塩だれバージョンがあるわけ」

「じゃあ私は甘酢あん派ですね」

「関東じゃ、そっちの方が食べられてるね。酢豚のタレから派生した方」

不思議なことに関西では、この比率が逆になるらしい。

明治末期から大正にかけて、東京の中華料理店ではかに玉にかけるたれを酢豚の甘酢に変え、ご飯にかけたものを天津飯として売り出した。手早く食べられる一品として人気が出たらしい。

一方で塩だれは、大阪の店で生まれた。あくまでかに玉の発展形としてのあっさりした塩だれの天津飯を、中国人の料理人が提供して人気を博したという話だ。

「つまり……別の地域で似た料理が、真似とかじゃなく別々に発展したってことですか？」

「そういうことになるんだろうね」

もうそこまで違うなら、どちらかが違う名前を名乗っていい気もするが、お互い愛着があるなら変えるに変えられないという気持ちもわかる。

「私も最初に東京に来た時は、びっくりしたわ。だってあの天津飯が赤いんですもの」

今回小百合が注文したものが、その大阪発祥《はっしょう》の天津飯なのだ。ちょっともったいないことをしたと思った。

「いいですね。そう言われると、赤くない天津飯も食べてみたくなります……」

「平良さんは、次また召し上がればいいでしょう。私と違って、そういう機会はいくらでもあるんだから」

小百合は笑い皺《じわ》が目立つ顔をほころばせて、凜々を見つめている。

（だめだ）

泣いてはいけない。雑談からの不意打ちに、鼻の奥がつんときた。凜々はごまかすように鼻のあたりをおさえた。

事実『次』がない彼女は食事を終えた後、一緒に出てきたお冷やを、両手で温めるようにゆっくりと味わっている。

「王子に嫁《とつ》いできて、もう五十年にもなるわ。その間、家族のためにお惣菜《そうざい》や外食に頼らず手作りしてきたことは、私の誇りの一つ。でもやりすぎるのはダメね。あの人ときたら、色々残してさしあげたのに、ぜんぜん動かないんですもの」

小百合はそう言って、ハンドバッグから手帳らしいものを一冊取り出した。

大きさは、大学ノート半分のＢ６判ぐらいだろうか。黒い革のカバーがかけてあり、開いたページの後ろに万年筆で何やら書き付けてから、ぱたんととじる。

「そろそろ行こうと思うの」

どこに行くのか、その先に何があるのか、聞かずともわかった。

ここは死者の魂にとって、成仏の前に立ち寄る休憩所《きゅうけいじょ》なのだから。

「お勘定《かんじょう》は？」

「けっこうです。いただかないことにしているんで」

「まあ、いいの？　ごちそうさま」

小百合は椅子《いす》から立ち上がる。

聡一郎が、厨房《ちゅうぼう》を出て出入り口の引き戸を開けた。

「お見送りさせてください」

「いたれりつくせりね。どうもありがとう」

凛々も一緒に、見送りに出ることにした。

軒下《のきした》に出れば、目の前が橋と明治通りが突き当たる交差点だ。左手に沿って進めば、親水公園にかかる音無橋を渡りきって、王子神社と北区役所が右と左に見えてくる。平日昼間の人通りは、それほど多くはない。

表は雨こそ降っていないが、少し雲と風が出ていた。

小百合は自分が向かう方角を確認してから、見送る凛々たちを振り返った。

「このブラウスと鞄《かばん》ね、結婚して初めて主人に買ってもらったものなの」

「ステキです」

「お似合いです」

ころころと小百合は笑った。

「ああ気分がいいわ。私ったらこんな美男子な『いけめん』のお兄さんと、可愛らしいお嬢さんに見送ってもらえるんだから」

冗談めかした言葉を残し、彼女は目の前に続く天国への道を、一人で歩いていく。

シニア向けのフラットシューズが、音無橋の上にさしかかった。夫との思い出のハンドバッグをさりげなく手首にかけて、シフォンブラウスのリボンが横風にはためく。

見守る凜々は、かすかに目を見張った。さきほどまでふくらはぎが隠れる長さのスカートをはいていたはずなのに、ここから見える小百合の後ろ姿は、膝丈のフレアスカートなのだ。髪は黒々としたカールのショートヘア。

気分は浅草《あさくさ》か銀座《ぎんざ》でデートだろうか。

橋のレトロな街灯の下を軽快に歩き、終わる頃にはパンプスにスキップで飛び跳ねるほどで、そのまま——対岸の地面に触れることなくかき消えた。

(消えた)

車道を走る車も、反対側の通行人も、誰もそのことに反応しない。振り返らない。見えていたのは、見送れたのは、凜々を含めたごく一部の人だけなのだ。

ここまで息をつめていた凜々は、胸をおさえて聡一郎を振り返った。

「……野洲さん。いっちゃいましたよ」

彼もまた、恐らく同じものが見えたはずだ。

「じゃ、戻るか」

「あっさりしてますね」

「そういうものだから」

目がうるんで半ベソになりかけている凜々と違い、聡一郎はどこまでも淡泊《たんぱく》だった。

そのままたもと屋の中に戻ってくる。

「野洲さんは、いつもこんな感じなんですか」

「こんなって?」

「幽霊のお客様をおもてなしして、最後のお見送りまでやって」

「そうだけど。あんまり感情移入してると身が持たないから、ほどほどにしておくといいよ」

「そんな器用なのできるんですか……」

凜々にはできる気がしない。きっと今日のことはしばらく思い出すだろうし、今夜は絶対夢に見そうな気がする。

カウンターに置きっぱなしにしていた自分のスマホを、鞄に戻そうと手に取った。

通知ランプが光っている。

(メール?)

凜々はその場で軽くタップして――。

「今回は、たまたま平良さんがよく知ってる人だったけどね。本当に色んな人が来るから――って、平良さん？」

凜々がその場で自分の顔をおさえて、明らかに涙をぬぐいだしたので、聡一郎が慌てた様子で近寄ってくる。

「泣かないでよ平良さん。そんな泣くようなことじゃないんだから。参ったな」

「……がいます」

「なに？」

凜々は、かろうじて首を横に振って、鼻をすんと鳴らした。スマホの画面を聡一郎の側へ向けた。

「――った。受かったんです。内定一個いただけました。採用です！」

泣くか笑うか、どっちかにしろ。聡一郎がどん引いているだろう。

格好悪い大泣きには変わらなかったが、数ヶ月前はこんな気持ちで涙を流す日が来るなんて、思わなかったのだ。

＊＊＊

――数日後。

「おめでとうー、凜々ちゃん」

「ありがとうございます」

「脱、無職。内定万歳《ばんざい》」

たもと屋の奥座敷に、景気の良い「乾杯！」の声が響き渡った。

ビールグラスを重ねて祝福してくれたのは、たもと屋の常連、向坂菫である。

凜々の再就職の報を聞きつけて、こうして祝いの場を設けてくれたのだ。

「向坂さんが、色々助言してくださったおかげです」

「そんなもん関係ないない。決まったのは全部凜々ちゃんの実力だし、勝てば官軍よ。今は浮かれときゃいいの」

菫の祝い方は豪快だ。この前向きさは見習いたいなと思った。

「ちゃんとお役にたてるかは、これからですけど……」

「けっきょくどんなお仕事になったの？」

「あ。ＮＰＯの学習支援スタッフです。お家の事情で塾に通いづらい子に、勉強する場を提供しているそうです」

いくつかエントリーした中にあった求人で、凜々は子供への学習指導の他に、ボランティアの勤怠《きんたい》を管理したり、保護者の相談にのったりするサポート職員になるらしい。

「へー、大変だけど楽しそう」

そう言ってもらえると、凜々も嬉しい。

リモート面接の後に、対面での面接もし、職場見学もさせてもらったが、人も仕事内容もかなり『ピン』と来ていたところだったので、最終的にお呼びがかかったのは幸いである。

「でもね凜々ちゃん、今回無駄にほっとしてるのは、聡一郎君かも」

菫がビールを飲みながら、意外な人の名を口にした。

「野洲さん？」

「そ。あの人ってば、あなたのこれっぽっちの方向転換にキリキリして、男として責任取るか取らないかまで考えてたもの」

「ど、どういうことですか」

「大丈夫かー、俺のせいかーって」

「――何変なことを吹き込んでるんだよ、ふざけるな」

遅れて座敷に、聡一郎が顔を出した。

こちらで注文した料理を、座卓の上に置きながら、眉をつり上げる。

「向坂は、自分で言った言葉の責任をもうちょっと取る方向で考えてくれ」

「小心者で生きた心地がしなかったくせにー」

「なんだと」

「あの、ご心配おかけしてすみません。おかげ様で決まりましたし、もうこういったことはないようにしますので」

世話をかけた上に揉《も》められては、凜々も立つ瀬がない。

口げんかをしていた聡一郎が、そんな凜々を見ていっそう困惑した感じになる。

「二度も三度もあったら、大変だろう。今度は行きたいところに行ったんじゃないの」

「はい、もちろんそのつもりです」

「お祝いだからなんでも作るって言ったのに、リクエストはこんなんだし」

なんとなく呆《あき》れられている気がするが、いいのだこれで。

聡一郎が持ってきてくれたのは、例の塩だれな関西風天津飯《てんしんはん》だった。

「いいんです。ずっと気になって食べたかったんで」

「せめて唐揚げつけといた」

「唐揚げは正義よ」

大皿に盛られた、揚げたての鶏唐揚げに、菫がさっそく箸《はし》をのばした。

念願の天津飯が、凜々の前にある。レンゲを使って、甘酢よりも色が淡いたれが絡んだ卵とご飯を、期待しながら口に運んだ。

(あつい)

片栗《かたくり》でとじてあるので、もう少しで火傷《やけど》しそうだった。でも想像した通りおいしい。たっぷり卵は余熱で火を通したようにふわふわで、塩と鶏だしベースのたれは滋味《じみ》深くて優しい味だ。

食べ慣れた赤くて甘い天津飯とは違うけれど、これもいい。嚙《か》むほどに素材の味が引き立つ素敵な一品だ。

「野洲さん、おいしいです」

「そりゃどうも」

しかし不思議だ、天津飯。西と東で、こんなに違う味が楽しめるとは。

一緒に食べた小百合も、最後に懐かしい味に会えて、いい思い出になったならいいと思う。

菫が大ぶりの唐揚げにかじりつきながら、あらためて尋ねてくる。

「でも凜々ちゃん。塾勤務ってなったら、時間帯の方も色々変わってくるんでしょ？」

「そうなんです。定時がお昼から夜までなんで、たもと屋に来づらくなっちゃうのが残念なんですけど」

「別に来なくていいよ」

「野洲さん……」

「男のツンデレって流行《はや》らないわよ、今時」

「そうじゃなくて、次の給料入るまで時間あるだろ」

若干《じゃっかん》焦った調子で反論された。

「仕事が安定するまで、しばらく自炊《じすい》や弁当で出費をおさえた方がいい」

正論。しかし厳しい。

折しも新たな来店の音がして、聡一郎が「悪い」と言って座敷を離れた。

乾杯でお祝い気分から一転、現実的なアドバイスにため息が出る。

「お弁当か……作れるかな」

「別に無理はしないでいいわよ。あいつがスーパー石頭の渋《しぶ》ちんなだけだから。じいちゃん子だから説教くさいのよ」

「でも間違ってはないですよね」

だからこそ痛いのだが。

「そもそもおじいちゃん子なんですか、野洲さん」

「他に何があるのよ。よそで修業してたのに、こんないわくつきの物件引き継いでるぐらいなんだから」

それは確かに言えるかもしれない。

別の店というのも、気にはなった。

「――ちょっと平良さん」

噂《うわさ》をすれば、だ。

客の相手をしに行っていたはずの聡一郎が、また舞い戻ってきて手招きをしてくる。

妙に急いだ感じで、どうしたのだろう。

「私ですか？」

「そう君。もしかしてあの人かも」

凜々は天津飯が半分残ったままだが、立ち上がった。菫はビールを手酌《てじやく》して、一歩も動く気はないようだ。

小上がりから靴《くつ》をはいて座敷を出る。

そのままお座敷側からは見えなかった店内を見回した凜々は、あっと息を呑んだ。

「……大家さん」

出入り口の引き戸を背に、大家の皆口泰蔵が立っていたのだ。

きちんとアイロンした白のワイシャツを、グレイのスラックスにインして着こなす、いつもの泰蔵らしいスタイルで、しかし散髪にはまだ行っていないらしい。大半が白髪になった髪は、七三でもおさまりがつかずにオールバックになっていた。

最初はまるでジャングルに迷いこんだように所在なさげな顔をしていた泰蔵だが、凜々がいるのに気づいて目を見開いた。

「これはこれは。平良さんじゃないですか」

「どうされたんですか。大家さんもお食事に……？　あ、どうぞお座りください」

思わず聡一郎でもないのに、席をすすめてしまう。泰蔵は、空いていたカウンター席に腰掛けた。

あれだけ食べることを億劫《おっくう》がっていたのに、どういう風の吹き回しかと思った。

「平良さんが言っていたお昼を食べにっていうのは、ここの店のことだったんですか。言われるまで気づかないもんですね」

「どなたかに、お聞きになったんですか……？」

「聞いたといいますか……平良さんには、以前にもお話ししましたよね。うちの家内が、死ぬ前に色々残してくれたこと」

泰蔵はそう言って、持ち込んだ紳士用のクラッチバッグを開け、中から一冊の手帳を取り出した。

開いて見せてくれたのは、一言で言えば皆口泰蔵に特化した生活マニュアルだった。白の自由ノートいっぱいに、掃除《そうじ》や洗濯《せんたく》、家の中に何があるなどの図解、病院の通院日、アパート管理の年間スケジュールなどが、項目別にびっしりと書き込んであった。

一部はカラーで、図も解説もオール手書き。目眩《めまい》がするほどの熱量だと思った。

これを病床でまとめたのか、小百合は。残していく泰蔵のために。

「不思議なのは、最近までこれを見逃していたことなんですよね。この『料理』の項目の後なんですが」

泰蔵がページをめくると、『外食』という項目が現れた。

買い物も料理もなんだか疲れた。そういう時はお店に食べにいきましょう。
音無橋の近くにある『たもと屋』さんは、お味も栄養のバランスもよろしいのでお薦《すす》めです。メニューは日替わりで、定食とどんぶりの二種類だそうです。

寂しがり屋で飽きっぽいあなたなら、店主のお兄さんや顔見知りの常連さんと食べた方が楽しいかもしれませんね。


凜々は思い出した。

幽霊となった小百合が、ちょうどこのたもと屋のカウンターで、おもむろに筆記用具を取り出して何やら書き付けていたことを。

思えば手帳のサイズやデザインは、今あるこれと同じではなかったか？

女性が持つには少々無骨な黒革のカバー。でも年配の男性が使うなら、違和感なく手元に置いておけるような。

音無川親水公園から泰蔵の様子を観察して、足りない項目を補《おぎな》う必要があると思ったのかもしれない。

「たもと屋さん。もしかしてうちの妻は、こちらによく来ていたのでしょうか。よそで食べるどころか、惣菜《そうざい》もろくに利用したがらない人間だと思っていたんですが」

それはさぞかし不思議だろう。

聡一郎も、祖父から継いだ店とはいえ、かまったところで一銭にもならない幽霊へのもてなしを、黙って続けることに意味はあるのか。凜々でさえ疑問に思う時がある。

でも、たぶんあるのだろう。

「――はい。お噂はかねがね。お待ちしておりました皆口さん」

聡一郎が、今までにないくしゃくしゃの笑顔でうなずいた。

報われることは確かにあり、凜々はその珍しい横顔に、しばらく目を奪われてしまったのである。

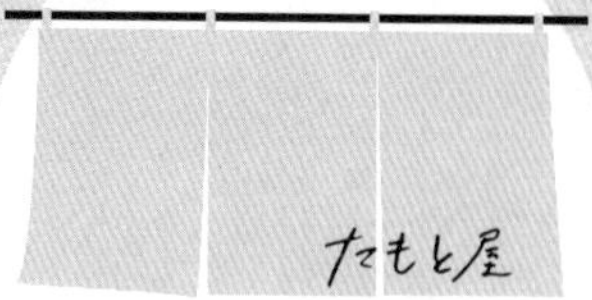

【2】 ミキコを探して／彼女のオモイデ

Otonashi
Bashi
TAMOTOYA

熊埜昌治《くまのまさはる》の足下に、ピンクの花びらが落ちていく。一枚、また一枚と。

花占いというものがある。心の中に願い事を思い浮かべながら、花の花弁を一枚一枚抜いていくのだ。最後に残った花びらに対応するフレーズが、占いの答えである。

この占いを教えてくれたのは、当時まだ幼稚園児だったミキコである。女の子がはまる恋占いの一種だそうで、ユカもよく知っていた。まだ色恋には早いだろうと言って、余計な気をもんだのを覚えている。

昌治は今、その花占いをしている。

「死ぬ。死なない。死ぬ。死なない」

ＪＲ秋葉原駅《あきはばらえき》、山手線《やまのてせん》と京浜東北線《けいひんとうほくせん》が乗り入れるホームのベンチに腰掛け、花束に入っていたガーベラの花弁をむしっている。

花束は、昌治の退職祝いで所属部署から贈られたものだ。上司や同僚は昌治が会社を去ることを一様に惜しんでくれたが、その裏で昌治がリストラの対象となり、自分の首が繋《つな》がったことに胸をなでおろしているに違いない。

これは別に被害妄想ではない。非常階段前の喫煙《きつえん》ブースで、チームメンバーが薄ら笑いを浮かべながら話しているのを、通りがかりに聞いてしまったのだ。

『いやー、だって熊埜さん、独り身でしょう。やっぱり人事も家族持ちには抵抗あるっていうか』

——笑うな、馬鹿馬鹿しい。

たとえ自分を切って今を運良く生き延びたところで、次は誰だと怯《おび》えるだけなのに。おまえらが乗っているのは、むなしい泥船《どろぶね》。終わりのないデスゲームだ。

「死ぬ。死なない。死ぬ。死なない。死ぬ」

ガーベラの花が散っていく。

しかしこれで自分は完全に、ミキコに会う資格を失ったのかもしれない。

「死なない。死ぬ」

軸に残った花びらは、残り二枚になった。

「死なない」

残り一枚。

「——死ぬ」

ピンクのガーベラは、昌治に『死ぬ』運命だと告げた。

何十年も生きて、何万回と聞いてきた電子音のメロディが、昌治がいるホームに流れだす。まもなく電車が到着するらしい。

いっそ目の前の線路に飛び込んで、何もかも終わらせてしまおうか。

そうだ。それがいい。

昌治は、何かに魅入《みい》られた思いで立ち上がった。不吉な花占いの結果が散乱する現場に、無残な花束本体も残して。

もはや誰にも求められず、会いたい人にも会えないのなら、自分が生きている理由など何もない。

さあ——飛べ。このホームドアを乗り越えさえすれば、おまえを煩《わずら》わすものは全て消え失せるはず。

「あ、おい。あんた。止めろ——!」

愛していたよ、ミキコ。ユカもごめん。

＊＊＊

「平良《たいら》さんってさ、かなり偉いよね」

「え、ええ?」

それは一般的な昼休みにしてはいささか遅い、午後四時の休憩《きゅうけい》時間での一幕だった。

凜々《りり》は給湯室のレンジで温めたばかりの弁当を、自席でせっせと口に運んでいた。

「な、何が偉いですか……」

「それさー、毎日自分で作ってるんでしょ？　まめだよほんと」

まじまじのぞき込んでくる先輩の名は、生方《うぶかた》香澄《かすみ》と言った。職員としてはベテランのキャリアを持ち、現職につく前は、小学校教師の経験も長かったらしい。さっぱりした性格に包容力にあふれた体格で、きっとどこでも多くの子供に慕《した》われてきたに違いない。彼女は凜々の指導係だ。

「でも生方さん。いまちゃんと食べないと、後半でお腹鳴っちゃうんですよ」

「はは。あるある」

先週から凜々は、第二新卒で採用された学習塾の本部で働き始めている。

場所は王子《おうじ》と同じ北区《きたく》の田端《たばた》にあり、とある特定非営利活動法人《NPO》が運営する学習支援教室『みのり塾』の職員というのが、凜々の立場だ。

事情で民間の学習塾に行きづらい子供たちに、勉強の場を提供し学習格差をなくすことが『みのり塾』の目的ではあるが、今はそこが重要なのではなかった。

「なんたって働く時間があれだもんね」

「まだ慣れないんですよ本当に……」

同意してはまずいと思いつつ、ついうなずいてしまう。

正規スタッフの勤務時間は、通常午後一時から午後十時。子供が学校から下校してきてからが本番で、夕方前のこの時間帯が休憩時間だ。

夜型シフトでいったいいつ食事をすればいいかというのは、凜々もまだ結論が出ていなかった。

「とりあえず、どんな感じで一日回してるの」

「今のところは……朝の十時に朝ご飯を食べて、この時間帯にしっかりめのものを食べるようにしてます。それで帰宅してから、夜食程度に軽くでしょうか」

一応、そんな形で回してみようと思っている。

ちなみに本日の弁当は、炒《い》り卵と甘辛《あまから》い豚のそぼろと、茹《ゆ》でた絹《きぬ》さやを詰めた、簡単三色ご飯弁当だ。がっつりなわりに、スプーン一本で食べられるところが気に入っている。

「ふーん……」

一方で香澄は、この時間コーヒーとバナナぐらいしか食べていない。この差はいったいなんなのだと思う。

「遅くに沢山《たくさん》食べるのは、できれば避けたいというか……」

「その方がいいよ絶対」

「生方さんは、いつもすごい軽いですよね」

「私はよくないけど逆なだけ。だって帰ってから旦那《だんな》と食べたいから、今はおやつタイムなの」

なるほど。

他の職員やボランティアさんに聞いても、どこに重きを置くかは様々なようだ。

「……そうですよね。他にご家族がいれば、自分一人だけってわけにもいかないですものね」

「逆に奥さんに、愛妻弁当作ってもらえる人もいるけどね。塾長とか」

香澄は言って、事務室の窓際をちらりと見た。大型のネズミのように間延びした顔の塾長が、もぐもぐと白米を咀嚼《そしゃく》していた。

「だから一人暮らしで、自分のお弁当までちゃんと用意してる平良さんは偉いってわけよ」

「あの、白状しますとこれ、毎日は作ってないんです」

「え、そうなの？」

「はい。数日分がーっとまとめておかずを作って、ご飯も入れて冷凍しちゃったんです。朝はそれ持ってこっち来て、給湯室のレンジでチンして食べるだけ」

おかげでなんとかなっているようなものだ。毎日の出勤準備の他にお弁当作りなんて、とてもではないが手が回らない。

「へー……余計にやるねえ」

「教えてもらったんですよ。王子で食堂やってる、とある方に」

そう。今は余計な出費を一円でもおさえよという、正しくも渋《しぶ》ちんなお兄さんに言われているだけなのだ。

(――雨か……仕方ないな)

塾の休みは平日を含めた週二日の、固定休。その休みの日がやってきたものの、カーテンを開けて真っ先に見えた悪天候に残念な気分になる。

凜々はパンと野菜ジュースで遅めの朝食をとってから、溜めてしまっていた洗濯物《せんたくもの》などを洗って風呂場に干した。掃除機《そうじき》も久しぶりに部屋の隅までくまなくかけ、それから腰を据えて買い出しにでかけた。

行き先は、王子駅の反対側にあるスーパーマーケットだ。そこで日用品や生鮮品などを購入し、いつもの帰宅ルートを使って戻ってくる。

(重い……濡れる……)

傘をさし、大きめのエコバッグを二つさげて『ハイツ王子飛鳥山《おうじあすかやま》』の外階段を登るのも、なかなか大変だ。

　買い出しの半分近くは、食料というよりこの先の弁当の材料だった。凜々は戦利品をどさりと流しの上に置いた。

　顔を上げれば吊り戸棚《とだな》の扉に貼り付けた、吸盤式のクリップが目に入る。『冷凍可能なお弁当おかず』と書かれた、メモ書きが挟んであった。

　見ようによっては女性が書いたかと思う、丁寧《ていねい》でやわらかい字だが、凜々が書いたものではない。

『これ見ながらやってみな。まとめて作れば多少は楽だろ』

　メモの主は、野洲聡一郎《やすそういちろう》だった。弁当の作り方がわからないと言ったら、みのり塾の仕事がはじまる前に渡してくれたのだ。

　まるで小百合《さゆり》が作った家事マニュアルのようで、その観点で言えば凜々は泰蔵《たいぞう》であった。後期高齢者の泰蔵に負けるわけにはいかない。

(作り置きでお弁当作ろう作戦自体は、成功だったと思う。でもすぐになくなっちゃったんだよね……)

　聡一郎のレシピに書いてある分量では、少なすぎるのだ。まとめて作って楽をする作戦の恩恵に与《あずか》るには、もっと一度に大量に作った方が効率がいいと思った。

「よし」

凜々はさっそくエプロンをつけ、シャツの袖《そで》をまくり、直伝のおかず作りに取りかかった。

まずは人参《にんじん》の皮をむき、スライサーで細切りにする。それを耐熱容器に入れて、レンジで数分加熱した。軽く火が通ったところで、今度は塩と醬油《しょうゆ》と鶏ガラスープの素、ごま油少々を回しかけてごまをふりかければ、人参ナムルのできあがりだ。

「次は……卵にしよう」

おかずのメモを確認する。

卵を割ってかしゃかしゃと溶き、ちょっとマヨネーズを入れてから炒り卵にすれば、下味もついてふわふわになるとのこと。

狭いキッチンの一口コンロで、凜々は一生懸命フライパンと菜箸《さいばし》を駆使して、炒り卵を作った。

カラフルな人参ナムルに続き、黄色いふわふわ卵もできあがり。イエローベースなおかずが一品ずつできた。

（次は緑で！）

この雨の中買ってきたほうれん草をよく洗い、ラップでざっくり包んでこれもレンジでチン。ほうれん草特有のあくを取るため、加熱したらすぐ水に浸けるのがこつらしい。指示通りに冷やして絞《しぼ》り、包丁で適当なサイズに切る。

「……ふう」

凜々は包丁を手に、汗をぬぐう。

ここからすりごまとめんつゆで和《あ》えれば、ほうれん草のごま和えになり、塩と醬油とごま油で和えれば、ほうれん草ナムルで二品完成だ。同じ味つけを小松菜《こまつな》でも作れば、一気に倍で四品になる。

「……さすが野洲さん。無駄がない」

システマチックな展開に感心してしまう。

そうやって味を替え品を替え、バットや平皿に広げて冷ましたおかずが、時間とともに隣の六畳間《じょうま》に並んで増えていった。ちょっと楽しくなってきたかもしれない。

副菜はだいぶ作り置きができたので、次はメインを作ろうと思った。

聡一郎のおかずカンニングメモを、副菜からメインに入れ替える。まずは肉のおかず作りだ。

パックの豚挽肉《ぶたひきにく》をチューブ生姜《しょうが》と一緒によく炒《いた》め、砂糖、醬油、みりんで汁気がなくなるまで煮詰めていく。

（全体にぱらぱらになったら、できあがり）

この間の三色弁当にも入れた、甘辛な豚そぼろが完成だ。

特売の鶏もも肉は、最初にフォークで穴を開け、耐熱容器に好みの焼き肉のタレを注いで、ふんわりラップした。こちらは肉の中まで火が通るよう、上下を返しつつレンジでしっかり加熱。その後は冷めるまで待ってから、お弁当サイズに切り分ければ、みんな大好き焼き肉のタレ味な、味つきチキンのできあがりだ。豚のかたまり肉で作っても、チャーシュー風でおいしいという。

「ええと後は……」

凜々の仕込み作業は続いた。

聡一郎師匠《ししょう》のカンペを見ながらおかずを量産し、平皿に移しては粗熱《あらねつ》を取り、それが終われば炊飯器《すいはんき》で炊《た》けたばかりの白飯を、アルコール消毒したコンテナ容器に詰めていく。これも完全に冷ましてから、ここまで作りに作ったおかずを適当に組み合わせて載せていった。

全て蓋《ふた》をし、これのためにスペースを空《あ》けておいた冷凍庫にまとめて納める。

（できた……）

できたぞ。

みっしりと隙間《すきま》なく詰まるコンテナ容器の手作り弁当に、凜々は途方もない達成感を覚えた。やった。これでしばらく、仕事がある日のお昼を考えることなく生活できるというものだ。

しかし——ふっと皮肉な気分にもなった。

「疲れた……もうしばらく料理作りたくない」

馬鹿なの私は。

凜々は、その場にへなへなと腰をおろしてしまった。

仕事量とエネルギーの法則だ。がんばれば大量生産の恩恵に与《あずか》れるが、ここまでやりすぎると消耗《しょうもう》も激しいことがわかった。次からは、ほどほどに納めて気をつけようと思った。

「今日食べるご飯……」

ぐうとお腹が鳴る。

もう目の前にある、フリージング中の弁当を食べてしまおうかとも思った。だが、それだけはだめだと理性が言う。これは明日以降の私が楽をするためのもの。

時計の針を見れば、なんと夕方の五時過ぎである。もうたもと屋の夜の部が開いてしまうではないか。

そういえば、今日はたもと屋に幽霊がやってきやすいという、四がつく日だ。

窓の外はすでに暗いが、雨はまだ止んでいないようである。

凛々は、残った気力を振り絞って立ち上がった。行かない選択肢《せんたくし》は、すでになかった。


「野洲さん！」

店主の聡一郎が、店の外にメニューボードを出しているところだった。

「どうしたの。仕事は？」

「今日はお休みなんです。あの、本日はもういらっしゃいましたか例の方」

音無橋《おとなしばし》の、下からやってくる感じの方。

聡一郎が、やや顔をしかめる。

「今のところ来てないよ」

「良かった。じゃあこれから閉店までいれば、会える確率が高いってことですね」

凛々は嬉しくなり、いそいそと傘をしまって五時半ちょうどに店に入った。

誰もいないカウンター席に、一番乗りで腰掛ける。

聡一郎が厨房《ちゅうぼう》に入った。

「なんていうか、君も好きだね。幽霊」

「恐縮です。この前のはちょっと感動したので」

大家さんのところの小百合を、橋の向こうまで見送った。その後に残された夫——皆口《みなぐち》泰蔵の周りで起きた、小さな奇跡としか呼びようがないもの。ふだんはリアリストでそっけない聡一郎が、それでもここで死者のもてなしをする理由が、なんとなくわかってしまったというか。

またお見送りを体験したいなと思いつつ、なかなか日取りが合わず機会がやってこなかったのだ。だから今日はなんとなく期待してしまう。

「……君は俺が思ってたより、物好きなタイプだ」

「恐縮です」

「仕事の方はどう？　うまくやれてる？」

「あ、おかげさまでなんとか。まだ本部で先輩について、マニュアルとか読んでる段階ですが」

ゆくゆくは指導員として、各教室の運営なども仕切れるようにとのことだ。

気が重いよりも、早く一人前になって子供たちのところに行きたいと思えるから、以前とは雲泥《うんでい》の差だった。

「弁当は作ってみたの」

「はい。野洲さんのレシピを参考にして」

「偉いじゃん」

「ふふ。でももう食べきっちゃったんで、今日また仕込みをしてきました。くったくたでご飯作る気力も尽き果てました」

「本末転倒《ほんまつてんとう》って言わない、それ」

凜々は笑ってごまかした。

でもいいだろう。疲れて自炊する力がない時は、たもと屋がお薦《すす》めだと、小百合も書いていたではないか。

聡一郎が、嘆息《たんそく》混じりに言った。

「わかったよ。ならご注文は?」

「今日は何があるんですか?」

「定食が鯵《あじ》フライで、どんぶりが牛丼……だったんだけど、鯵が昼ではけたんでほっけの塩焼きになった」

急にヘルシーになった。でもそれはそれでおいしそうだ。

「じゃあほっけ定食にします」

「了解」

凜々はそこからなんとなくあたりを見回したり、手元のスマホをいじったりしながら、できあがりを待った。

やがてお盆にのった定食が、カウンターに出てくる。

「はい、お待ち。ほっけ定」

「わー、焼き魚。すっごい久しぶりです」

角皿の上でほっけの身がまだしゅわしゅわ音をたてているぐらいの、正真正銘《しょうしんしょうめい》焼きたてだ。実際にこの目で見ると、なんとも気分が上がる。

ほっけには小山に盛った大根おろしがつき、小鉢《こばち》はいつもよりボリュームのある肉じゃがだ。白いご飯と、なめこと三つ葉のお味噌汁《みそしる》がつく。

「お漬物はなんですか、これ」

「野沢菜と昆布」

なるほど。濃い色合わせが鮮やかで、いかにもご飯に合いそうだ。

凜々はあらためて手を拭いて、いただきますと箸《はし》を取る。

（おいしそー）

大根おろしにちょっと醬油《しょうゆ》をひとたらし。心の底からわくわくしながら、分厚いほっけの身に箸を入れた。

身離れのいい魚なので、ぽくっと取れて大根おろしと一緒に食べるのも簡単だ。淡泊《たんぱく》な白身ながらも旨《うま》みは濃く、塩気も脂《あぶら》もほどよくのっていて言うことはない。

「んー、染みる。おいしい……」

「よかったね」

「はい」

心の底から同意する。

「ほっけって、白身のお魚ですけど大きくて脂ものってて、大根おろしが似合う憎い味ですよね……私、お魚かなり好きなんですけど、家にグリルとかないから、焼きたてとかすごい貴重です。こういうのも食堂の良さですよね」

「フライパンやトースターでも、干物《ひもの》や切り身ぐらいは焼けるよ」

「ねえ野洲さん、そんなに私にたもと屋に来てほしくないんですか」

「選択肢がある上で、うちを選んでほしいだけ」

ぐうの音《ね》も出ないとはこのことだ。

正論パンチの聡一郎は、正面からパンチをくらってへこむ凜々を見て、色々思うところがあったようだ。

「悪い。ここまで来ると余計なお世話だな」

「そんなことは……」

「どうも最初の頃のノリで、色々言いたくなるんだと思う。危なっかしいなんて思われたくないよな。ごめん」

「……とにかくもうちょっとしっかりしますね。すみません」

「むしろよくやってると思うよ、平良さんは」

「え、そうですか?」

「ああ。いいとこの子っぽいのに、ここまで思い切ったのが予想外というか……」

後半の感想は、ほとんど凛々を見ないで独白に近かった。

と——その時だった。店の引き戸が、からりと開く音がした。

(お客さん?)

聡一郎が、すぐに対応するかと思いきや、塩顔の眉間《みけん》に皺《しわ》がよる。

凛々もつられて登場した客を確認するが、恐らくは聡一郎と似たような顔つきになってしまったかもしれない。

——これは、絶対にあれだ。

——成仏《じょうぶつ》予定の、お亡くなりになってしまっている人だ。

無言で店内に現れたのは、頭からずぶ濡れの中年男性だった。もとは灰色だったであろうスーツは濡れそぼって黒に近い色になり、寂しめなヘアスタイルもいっそう地肌に張り付いて、陰気さを増していた。

「……やってます、よね。今」

ひやりと温度のない声に、こちらの背筋まで冷たくなる。

面長《おもなが》で痩《や》せぎすの肌は全体に青ざめ、落ちくぼんだ両目の周りにはくっきりとした隈《くま》ができていた。幽霊は幽霊でも、相当未練が残る亡くなり方をしているのではないだろうか。

怖い――と一瞬思って、凜々はそんな自分が恥ずかしくなった。

(待ってよ。野洲さん言ってたでしょ。色んな人が来るって)

まさか可愛《かわい》い子猫や、上品で優しいおばあさまだけが死者だと思っていたのか？　それこそ聡一郎に鼻で笑われる見通しの甘さだろう。

死んだ人なら誰でもというなら、こういう人が来たっておかしくはないはずだ。わざわざ自分から、見送りがしたいと首を突っ込んだのだ。たとえ井戸の底から這《は》い上がってきたようなずぶ濡れのおじさまだろうが、首なしの死体だろうが、どんな人でも寄り添ってこそだろう。

「すみません。傘が、私の傘がどこかに行ってしまって……見当たらないんです」

陰の気そのままな声で喋《しゃべ》る、ずぶ濡れの幽霊氏に、凛々はあえて明るく話しかけることにした。

「はい、大丈夫ですよ。ようこそたもと屋へ！」

以前の菫《すみれ》のように、こちらから店内を案内することにした。

「野洲さん。こちらのお客様に、拭くものとか用意してさしあげたらどうでしょう」

「あ、ああ」

聡一郎はすぐにバックヤードへ走り、乾いたタオル一式を持ってきてくれた。

「お使いください」

男性は差し出されたタオルを、何やら口を動かしながら受け取った。ひどく聞き取りづらかったが、礼を言ったのかもしれなかった。

――最低限の意思疎通《そつう》はできるようだ。

「お座敷が空《あ》いてますから、そちらにどうぞ。ゆっくりできますよ」

他の席からは見えづらい、半個室の座敷に案内する。

タオルで濡れた顔と髪を拭いても、幽霊氏の目の隈や生気のなさは変わらなかった。まあこれは仕方がないかもしれない。

凜々はつとめて笑顔を維持した。

「ご注文は何にしますか？」

「……注文」

「今日はほっけの塩焼き定食と、牛丼の二種類だそうです」

幽霊氏のぎょろりとした目玉が、不安定に左右へ泳ぎはじめる。

「……表の看板にあった、ほっけが食べたくて……」

「はい、ほっけ定食ですね！　わかります旬《しゅん》ですものね。かしこまりました。野洲さん！　ワンほっけ定プリーズ」

凜々はお座敷の外にある厨房《ちゅうぼう》へ、身を乗り出して叫んだ。

厨房の聡一郎が、『うちはマックじゃないぞ』と口だけ動かした。しかしこちらも不慣れなのだから、注文方法ぐらい我慢してもらうしかない。

凜々はカウンターに置いたままにしていた、自分のお膳《ぜん》もお座敷に移動させた。

「ご一緒させてください。私もまだ食べている途中で」

「あなたは……客なんですか」

「ええ。一人より、誰かと食べた方がおいしいじゃないですか」

そのまま凜々は、幽霊氏へ質問を続けた。

「私は平良と申します。失礼じゃなければ、お名前を伺《うかが》っても？」

「……熊埜昌治」

「熊埜さんですね。よろしくお願いします」

「年は四十九歳。無職です」

いつもうつむくか、たまに前を向いても視線が斜めに下がっていたのに、なぜかこの時だけは下から凛々をのぞき込む形だった。しっかりと目があった。

血の気の失せた唇が、にいい、と皮肉げにつり上がる。

「会社をリストラされたのでそうなりました」

だから怖いんですよ。

お隣の厨房では、聡一郎が彼のためにほっけを焼いている。一人ではないという安心感はある。至近距離で凄《すご》まれた凛々は、しばらく考えこんでしまった。

色々なお客が来る。みなそれぞれ悩みは深いのだ。

ここでひるんでしまったり、逃げて受け止めきれなければ、みのり塾の仕事もうまくいかない気がする。

「……お辛《つら》かったと思います」

「辛い。ええ確かに。身を切られ血を吐く思いです。あなたにそれがわかるとは思えませんが」

「おっしゃる通りです。きっと私はどこまで行っても、頭で想像するだけ。死ぬほど辛いんだろうな、痛いんだろうなって……乗り越えられた熊埜さんは、本当にすごい方だと思います」

「なんですって？」

「だってどんな目にあったとしても、きちんと気持ちを整理できなければ、ここまで来られないはずですよね」

凜々は、全身不幸に浸かったような幽霊氏——熊埜昌治の顔を見て思うのだ。

音無橋そばのたもと屋は、本来の川のよどみに溜まる死者の魂が、成仏する前に立ち寄る場所だと聞いている。自分で橋を渡って旅立とうと、選んで来ているはずなのだ。

相手の答えを待って、しんと静まり返ってしまった座敷に、聡一郎が定食を持ってやってきた。

「ほっけの塩焼き定食、お待たせしました」

温かい食事。まだかすかに脂《あぶら》がはぜる音をたてる、焼きたての魚。

聡一郎が、物言いたげに凜々を見る。何をやってるのと言いたいのだろう。気持ちはわかるが、もう少し待ってみてほしい。

昌治は凜々の質問に答えることはなかったが、自分の前に出された定食を、暗いまなざしのまま食べはじめた。

「いかがですか」

分厚いほっけの身が、ほぼ半分なくなったところで、聡一郎が尋ねた。

凜々は分別《ふんべつ》のあるいい大人の男性が、急に顔をおさえて涙をぬぐおうが、笑うものではないことをよく知っていた。

「……うまい」

「ありがとうございます」

「うまいですよ大将。こんなにうまい食事は、久しぶりだ」

昌治は、ぼろぼろと泣きながら繰り返した。

「お嬢さん。平良さんと言いましたか」

「はい、なんでしょう」

「私はね、乗り越えられてなんかいませんよ。そんな立派なものじゃない。ここに来たのは、ミキコの顔が一目見られたらと思っただけで」

「ミキコさん？」

「そうです。離婚した妻が、引き取ったんです。私の娘です。最後に会ったのはあの子が十一の年で、今は二十四……この秋に結婚して引っ越したと、葉書をもらいました」

昌治はジャケットの内ポケットから、皺《しわ》のよった葉書を一枚取り出した。

裏には紋付《もんつ》き袴《はかま》に綿帽子《わたぼうし》という、定番の婚礼衣装で微笑《ほほえ》む男女の写真が、カラーで印刷してある。

『結婚しました。お近くにお越しの際はぜひお立ち寄りください』

そんなお決まりの文面の下に、新郎新婦の名前と新住所も並んでいた。

ここから歩いて、十分ぐらいの場所だろうか。

「妻の親族は、まだ私のことを疎《うと》ましく思っているはずですし、挙式や披露宴には呼べなかったのでしょう。それは仕方がありません。でも今さらだろうがなんだろうが、便りをくれたんです。私も父親としてできることをしようと思っていたら……」

うなだれる昌治は目をとじ、無念そうに肩を震わせた。

「会社から首切り。リストラですよ」

凜々は、嘆《なげ》き悲しむ昌治を前にして、問題の葉書を自分の側へと引き寄せた。

「天を呪いました。私には、当たり前の普通をすることすら許されないのかと」

「ご結婚された娘さんに会う……それができないのが心残りなんですね」

「私は弱い人間ですよ。さんざん迷いに迷ってせっかくここまで来たのに、これ以上進もうとするど足がすくんで動けなくなるんです。クズですよ。どクズの愚図《ぐず》ですよ」

凜々は、小上がりの端に立つ聡一郎にも、葉書を見せてみた。

「……野洲さん。この住所の番地、熊埜さんが行けると思います？」

「これは……難しい、かもな」

そうか。聡一郎もそう思うか。

同じ立場だった皆口小百合が、このあたりに出る幽霊の行動範囲について話していた。

いわゆる魂の集積場である音無川親水公園を中心にして、王子駅から飛鳥山、たもと屋の周辺など、ごく限られたエリアしか移動できないらしい。葉書に書いてある土橋《どばし》美紀子《みきこ》と悟《さとる》夫婦の新居は、その結界とも呼べる範囲から微妙に外れていた。

昌治は『足がすくむ』と表現しているが、理由は心理的なものよりも、この移動の制約の方が大きいのではないだろうか。

しかしそれでは、今後彼がどれだけさまよっても娘さんのところへはたどりつけないし、心残りが果たせないから橋も渡れないということだ。

（それって）

自分で命を絶ったかもしれないにしても、あまりに哀れすぎないか――。

「熊埜さん」

凜々が考えあぐねていると、聡一郎がかわりに声をかけた。

「どうか顔を上げていただけませんか」

「……ああ、すみませんね大将。大事な店の中でこんなみっともない愚痴《ぐち》を。すぐに出ますからお勘定《かんじょう》を」

「いいえ、けっこうです。こういう時はいただかないことにしているんです」

「大将……」

昌治の目に、みるみるまた新しい涙が浮かぶ。

「それより熊埜さん、あまりご自分を恥じないでください。足のせいで動けないことは、仕方がないんです。理不尽かもしれませんが、そういうこともあります。今はじっと耐えて、傷が塞《ふさ》がるのを待つしかないんです。時薬《ときぐすり》だと、医者に言われました」

「時薬……」

聡一郎の口調や表情は、あまりいつもと変わらなかったが、それは相手に寄り添わないとイコールではないんだなと思った。

「はい。欲しいものは手に入らないかもしれない。でも、痛みはだんだん引いていくそうです。それで楽になったら、またうちに来てください。いつでも歓迎しますから」

こんなこと、共感といたわりの心がなければ、言えないだろう。

今までも彼はそうやって、一人で死者を慰めてきたのかもしれない。素朴《そぼく》ながらも温かい食事と、温かい言葉の両方で。

「そんな日が来るんですかね」

「来ますよ。必ず」

だから何もこんなタイミングで口を挟むことはないし、まことに野暮《やぼ》で申し訳ないとは思いながらも、凜々はつい手をあげていた。

「……野洲さん。私、ちょっと思ったんですけど」

「なに」

怒らないでくれ。いいところなのは百も承知だ。

「……たとえばの話ですけど……私がここで熊埜さんの手を引いていったら、どうなると思います?」

「は?」

単純な疑問だったのだ。

問題の住所は、東京都北区滝野川《たきのがわ》から始まっていた。

たもと屋の軒下《のきした》で、凜々は最後の確認をした。

「……滝野川……丁目……番地は……はい、大丈夫です。今地図アプリに、位置を覚えさせました」

これで土橋美紀子さんの新居まで、徒歩で向かうルートが表示されるはずだ。

「途中で進めなくなったら、潔《いさぎよ》く諦めて戻ってくるんだよ」

「それはもちろん」

「にしても無茶すぎだ。死者と接触したまま結界を抜けようって」

聡一郎は、まだ凜々の案に納得しきれていないようだ。ここまでさんざん話し合ったはずなのに。

凜々が熊埜昌治氏の手を引いたまま、幽霊の行動範囲を出たらどうなるか。これは、凜々の特異体質から出た疑問なのである。

まず普通の人は、音無川の幽霊を見ることもできなければ、触ることもできない。どこであろうが存在そのものを知覚できないのが、一般的な人なのだそうだ。

比較的霊感がある聡一郎の場合、見たり会話したりする程度なら、場所を問わず可能らしい。ただし幽霊に触れたり、料理を提供するような接触をともなう行動は、たもと屋の中でしかできないという。常連の董も、条件的には聡一郎と一緒だと言っていた。

対して凛々は、たもと屋の中も外も、違いがまったくわからなかった。

凛々にとって、雨の中で鳴いていた子猫の幽霊は、重さも手触りも本物となんら変わらなかったし、聡一郎に会わなかったらそのまま動物病院へ直行するシチュエーションだって充分ありえたはずだ。

だから凛々は聞いた。

『実際それでタクシーに乗ったら、どうなったと思います？　明治通《めいじどお》りの途中で「これ以上進めません」って例の条件が発生して、車ごと弾かれたりするんでしょうか』

『う、うーん……』

『私はないと思うんですよ』

そんな会話の果てに、あの日の猫を昌治氏に置き換えて、実験してみようという話になったのだ。

「……あのサビ猫ピカソちゃんの状況を再現するとなると、やっぱり手を繋《つな》ぐぐらいじゃ甘いですかね。こう熊埜さんをがばっと抱えて、お姫さま抱っこが最適なポーズ……？」

「やめてくれ平良さん。もう深掘りしないでいいから」

何か悲しい声で懇願《こんがん》された。真面目《まじめ》に身振り手振りをつけて、より良い昌治氏の移動方法を考察していた凛々は、水を差された形でもあった。

「私がクマぐらい大きければよかったですね。熊埜さんが子猫サイズでもいいですけど」

「どっちにしろ見たくないからいいよ」

「腕っ節《ぷし》の強いヒーローって、一回なってみたかったです」

「君は俺が思ってるより、正義感が強いタイプだ」

「恐縮です」

気は優しくて力持ち。正義のマントで空を飛び、町の平和を守れるなら、確かにお姫さまよりも憧れるかもしれない。

聡一郎が、深々と息を吐いた。

「……とりあえず平良さん。俺は店があって行けないから、連絡先教えて。何か変なことがあったらすぐ連絡して」

「何かって。熊埜さん、もうお亡くなりになってるんですよ」

「そこはそれだろ。君は正義のスーパーヒーローじゃなくて女の子だし、店の外でも実体がある幽霊なんて普通の中年と変わらないだろ。用心しなくてどうするんだ」

ぶつぶつ言われながらＬＩＮＥを交換した。聡一郎は心配性かもしれない。

それより凜々は、気になっていることがあった。

「ねえ野洲さん」

「ん？」

「時薬、野洲さんも使ってるんですか？」

何を癒《いや》すため？　何に耐えるため？

さきほどの聡一郎の台詞《せりふ》で一つだけ、引っかかっていた言葉だった。

聡一郎は、自分のスマホを操作しながら、そっけなく答えた。

「そりゃまあ、マツキヨでポイント十倍だったからね」

「────」

「はい交換完了。気をつけてね。あともちろん無茶もしないで」

なんだかうまくあしらわれたぞと思った。時薬がドラッグストアに売っているか。心配してカリカリしているように見せて、肝心《かんじん》な自分についてはしっかり線を引いているのだ。そういう人なのだ。

凜々はちょっと悔《くや》しく思いながら、もう一度たもと屋の中をのぞき込んだ。

誰もいない店の真ん中で、熊埜昌治が所在なさげに立っていた。

「熊埜さん。お待たせしました。行きましょうか」

「……本当に行くんですか」

「ええ。もう一回だけ、チャレンジしてみませんか。娘さんのお宅まで行ってみるんです」

「どうせ無理ですって。また途中で足が震えて動かなくなるんです」

「ですから大丈夫！　今度は私がついています」

凛々は店の中を歩き、昌治の手をしっかりと握った。

「途中で怖くなっても、私が絶対に手を離しませんから。一緒にがんばりましょう、熊埜さん」

その隈《くま》がひどい両目が、心なし点になっている気がするが、凛々は無視して笑顔を維持した。

見守る聡一郎は、苦虫《にがむし》を百匹ぐらい嚙《か》み潰したようなしかめっ面《つら》だ。

「ささ、行きましょう」

「はあ……」

確かに見ようによっては、大変誤解を招く光景かもしれない。ふだんの凛々なら、まずしない行動だ。しかしごく普通の霊感がない人には、単なる凛々の一人歩きにしか見えないというし、昌治も娘さんに会う唯一の手段が凛々なら、そうおかしな真似《まね》はしないと思うのだ。

あらためて店の外に出ると、雨脚はだいぶ弱まって霧雨《きりさめ》になっていた。

（幸先《さいさき》いいかも）

片手が塞《ふさ》がる傘は、置いていこう。

そのまま迷子の子猫ちゃんならぬ、迷える幽霊おじさんの手を引き、濡れた夜道を歩き出した。


飛鳥山公園沿いの明治通りを、二人で道なりに歩いていく。

帰宅ラッシュの時間帯らしく、渋滞する道路の中に、一両編成のラッピング電車が埋もれる形で停車していた。

道中ずっと黙っているのもなんなので、聞きかじりの豆知識を披露してみた。

「都電荒川線《あらかわせん》と言えばですね……意外とこういう一般車道よりも、専用軌道を走っている時間の方が長いらしいですよ。人や車に交じって走る区間は、王子のことか、新宿《しんじゅく》の面《おも》影橋《かげばし》あたりとか、ほんのちょっとだけらしいです」

今となっては貴重な路面電車を名乗ってそれかと思うが、他の路線は通行の邪魔だと廃線になってしまったそうだから皮肉である。

「何が幸いするかなんてわからないですよね、熊埜さん」

そう言って昌治を見るが、当人は完全に上の空のようだった。

「あ、だめですよ。手は離さないでください」

「……いやあ、そう言われても緊張しますよ」

情けない声を出される。

昌治の手は身体《からだ》相応に大きく、体温は意外にも凜々より高いぐらいだった。けれど凜々に先導されて歩く姿はびくびくおどおどして、年相応の貫禄《かんろく》はまるでない。

「こんなしょぼくれたおじさんと、若いお嬢さんが一緒なんて、世間様が許しませんよね。汗とかかいていたらすみません」

「熊埜さん……」

どんどん自己肯定感が下がっていくタイプらしい。

「大丈夫ですよ。もっと堂々としてください」

「でも……」

「周りの視線が気になるのは、ご自分に自信がない証拠ですよ」

そう。そんなに怖がらなくてもいいのにと思う。端《はた》から見えているのは、こうしてスマホを手にした凜々だけなのだから。

「……変わった方ですね、平良さんは」

「お役にたちたいだけです」

それよりも、と思う。

地図によればそろそろ明治通りが、大きく右に折れる。直進すれば本郷通《ほんごうどお》りになり、凜々が目指す住所へはその中間、路面電車の専用軌道沿いの道を歩くのが最短だと出ていた。

「熊埜さん。今までは、どのあたりで足が止まってしまったんですか？」

「あそこの……大きめの横断歩道がどうしても渡れませんでした」

「なるほど。じゃあ今度は、一緒に渡ってみましょうね」

ナビが示す通り、丁字路《ていじろ》を直進するための横断歩道だ。

しばらく待つと、信号が青になる。渋滞の中でなかなか動かなかった都電も、ようやく動き出した。歩行者用の横断ゾーンを渡ろうとする凜々たちを軽々追い越し、短い一般車との併走区間を終えて、再び専用軌道へと入っていく。

凜々が手を握る昌治は、歩きながら何度も顔がこわばり、唾《つば》を飲み込み、歩みも止まりそうになった。だが凜々は、励《はげ》ますつもりでその手を強く握って離さなかった。

（ほら）

──最後は二人そろって横断歩道を渡りきり、対岸にたどりつくことができた。

「熊埜さん、見てください。勇気出した甲斐《かい》がありましたよ。大丈夫なんですよ」

「は、はい」

このやり方なら、死者も結界の外へ移動可能なのだ。

「……本当ですね。信じられない」

片方が幽霊でなければ、はしゃいで手を取り合っていたかもしれない。

この調子でどんどん行こうと思った。目的地である、娘さんの住所は、すぐそこだ。

そうしてナビを頼りに到着したのは、大通りの喧騒《けんそう》から一歩奥まった住宅街である。

都電の専用軌道が近く、建物を挟んで踏み切りの音が時折響いてくる。凜々たちは目立たないよう、電柱の陰で場所を確認した。

「ヴィラ滝野川。ここの二階らしいです」

四階建ての、やや古めの造りのマンションだった。

昌治は、感慨《かんがい》深げにエントランスを含めた建物の外観を見上げている。

「……で、どうしましょうか熊埜さん。在宅かどうかはわかりませんけど、インターホンも押してみますか？」

「い、いやそれはさすがに」

「このマンション、オートロックじゃないみたいですし。私がセールスのふりでもして、ドアを開けてもらうとかも、できると思うんですが」

うまくすれば、娘さんに当たるかもしれない。

凜々としては完全に乗りかかった船で、ここまで来たら顔だけでも拝ませてやりたいと思ったのだ。しかし昌治に、「けっこうです」と強く首を横に振られた。

「いくらなんでも、そこまで平良さんにお願いできません。充分です」

「本当ですか？　せっかく来たんですよ」

「駅を出てから、踏ん切り悪くぐるぐる同じところばかり回っていた時に比べれば、ありえないほどの幸運です。感謝してもしきれません。本当にこれ以上は――」

「でも」

「平良さん、お願いですから聞いてください」

もう片方の手も、凜々の手の上に乗った。

「ここに来るまでの間、ずっと娘のことを考えていたんです。ミキコのことを……それこそ産まれた時から、立って歩いて幼稚園に入って、こんな風に手も繋《つな》いで、妻の代理で幼稚園から家まで帰ったこともあります。花占いってご存じですか。あれのやり方を教えてもらいました」

昌治の終始暗かった口調が、子供との優しい思い出のせいか、初めて明るさを帯びた気がした。

「ただ……私は途中からミキコの顔が思い出せなくなるんです。可愛《かわい》かった小学生の顔から、急に写真の……印刷された大人の顔になってしまう」

「熊埜さん……」

「これではやっぱり、親とは言えないですよね」

昌治は凜々の目を見つめたまま、自嘲《じちょう》気味に口の端を歪めた。

「あの子がここに暮らしているのは、私以外の人に支えられて、あの子自身の力で大人になったからです。それがわかった気がするんですよ」

凜々はだからこそ、そんな娘さんに会ってもらいたいと思ったのだ。失われた時間を埋めるため。葉書をくれた娘さんのため。

でも、これは凜々の勝手な願望かもしれない。

「だから充分です。戻りましょう平良さん」

「……わかりました」

ここまでなのだ。認めよう。凜々にも彼にも、できることはもうない。

「あ、ちょっと待ってください。まだ手は離さないで――」

昌治が命綱《いのちづな》の手を抜こうとするので、凜々はとっさに止めようとした――その時だった。

通りの向こうから、女性が一人歩いてくる。

年の頃は、二十代半ばぐらいだろうか。恐らくは会社の帰りで、トレンチコートに膝丈スカートの、きちんとしたオフィスカジュアルで通勤しているようだ。

ビジネス用のトートバッグを肩へゆすり上げ、帰宅の今は畳《たた》んだ傘と一緒に、ネギがはみ出たエコバッグをさげている。そのまま件《くだん》の『ヴィラ滝野川』へ入っていった。

暗いせいで確信はないが、あれは葉書の花嫁と同じ顔――。

「……熊埜さん」

「はい。ミキコです。私の娘です」

やはりそうか。昌治はすでに泣き顔で、はなを盛大にすすり上げ、空《あ》いた手で涙をぬぐった。

「よかったですね。すごい偶然ですよ。きっと熊埜さんの想いが通じたんです」

「はい。よかった……本当に立派になって……よかった……」

めぐりあわせというものは、あるのかもしれない。

一目会いたいと願って、印刷物と記憶の中にしかいなかった娘さんが、ちゃんと立体になった。なけなしの勇気を出した人は、こうして報われる瞬間が訪れたりもするのだ。

「ミキコお！　結婚おめでとう！」

嬉し涙をこぼしていた昌治が、顔を上げて前に出た。

思ったよりも大きな声に、凜々も少々ぎょっとした。

「父さんははっきり言って、おまえにとっていい父親じゃなかったな。何度も転職して、酒も沢山《たくさん》飲んで母さんに嫌われた。ぜんぜん、父親らしいことなんてできなかった」

「あの、熊埜さん」

「でもおまえが真っ直ぐ育ってくれて、本当に嬉しい。自慢の娘だ！」

——まあいいかと思った。

たとえ幽霊で、自分の声が届かないとわかっていても、言わずにはいられないのだろう。十年以上離れていて、死後にようやく会えた最愛の娘への、祝福のメッセージなのだ。

そう思ったら、止めることなんてできなかった。

なら好きなだけ言ってください、熊埜さん。私は黙って見守りますから。

でも思っていたよりやんちゃしていたんですね。離婚したのもやむなしというか。

「父さんはいまだに駄目だ。死ぬつもりでホームに飛び込んだのに、来たのは反対側の電車で死ぬことすらできなかった」

——え？

凜々は、前言を翻《ひるがえ》して問いただしそうになる。

ねえあなた、今なんて？

「お父さん⁉」

今度はマンションのエントランスから、さきほど建物の中に入ったはずの女性が飛び出してくる。血相を変えた彼女を見て、昌治が「ミキコ！」と叫ぶ。

たもと屋を出てから、なんだかんだと一度も離さなかった凜々の手を、あっけなく振り切る形で、娘のところへ駆けていった。

「お父さん？　やっぱりお父さんよね。なんでこんなところにいるの」

「会いに来たんだよ。おめでとうが言いたくて」

至近距離で昌治が答えると、土橋美紀子は顔をくしゃくしゃにし、その場で昌治の首に抱きついた。

「結婚式、出られなくてごめんな」

「いいのもう。早くうち上がって。彼のこと紹介する」

感動の抱擁《ほうよう》をする二人だが、一方であちこちの建物から人が出てくる。

あちらの角の一戸建てから、いぶかしげな顔のおばあさんが一人。こちらのアパートの外階段からは、カップルで二人。周辺のマンションのベランダも、明かりがついているところはもれなく誰かしらが顔を出し、昌治と美紀子のことを遠巻きに見物する野次馬と化していた。

平良凜々はようやく、事の次第がうっすらと呑《の》み込めてきたのだ。

昌治はまだ娘さんと一緒にいたいようなので、凜々は空気を読んで一人でたもと屋へ戻った。

ライトアップされた音無橋の、すぐ近く。凜々は見知った磨《す》り硝子《ガラス》の引き戸を、からりと開けた。

店の中は、凜々たちが出ていった時と比べて、だいぶ客が入っていた。

「おや。平良さんじゃないですか」

「大家さん……」

あれからたもと屋の常連になったという皆口泰蔵が、テーブル席で晩酌《ばんしゃく》しながら、おいしそうにほっけの塩焼きをつついている。

凜々は「こんばんは」と無難な笑顔を作って挨拶《あいさつ》をし、その足でカウンターの空《あ》いた席へと向かった。店主の聡一郎が、青ざめた顔で近づいてくる。

「平良さん。何度も何度もＬＩＮＥ入れたんだけど」

「わかってます。でも遅かったんです」

「じゃあ、まさか――」

痛ましくも恐ろしい結果に触れられないとばかりに、聡一郎は言葉を濁《にご》した。そのまさかとしか言いようがなかった。

「……熊埜さん、幽霊じゃありませんでした」

「そう、みたいだね」

「単に顔色悪い人でした。私と一緒で」

「うちにはあの後、普通に来たよ。本物が」

いわく、御年《おんとし》九十歳で大往生《だいおうじょう》した元国鉄の整備士で、歯が悪いと言いつつ牛丼を漬物まで完食して、鉄道唱歌の東海道編を歌いながら満足して橋を渡っていったそうな。

「よかったじゃないですか」

「君はよくないだろう」

聡一郎の思いやりが痛い。本当に痛い。

てっきり誰にも見えない幽霊だと思ったからこそ、手まで引いて娘さんのところへ連れていったのだ。実際は、店を出てから丸見えだったというのに。

あの場面も。この場面も。偉そうに語ってのけたその場面も。

全部。

凜々は、自分の頭の重みでうなだれるまま、カウンターに突っ伏した。

「あ」

「あ？」

「ああああああ」

「いいから忘れろ平良さん！　犬に噛《か》まれたと思って」

「お酒をください。できるだけ強いやつを」

――追伸《ついしん》。その日は閉店まで飲んだ。

＊＊＊

（晴れたか）

自宅二階のカーテンを開け、野洲聡一郎の一日が始まる。

死ぬ間際まで現役《げんえき》の料理人だった祖父は、ここより西の地で生まれ育って、修業時代に東京へ来たらしい。当人いわく『腕は並の並』だが、好景気のホテルや割烹《かっぽう》などに勤めて、そこそこ稼《かせ》ぎもあったそうだ。

気立てのいい嫁を貰《もら》い、子供も産まれて順風満帆《じゅんぷうまんぱん》の生活だったが、自分の店を持ちたい欲だけはずっと抱えていたらしい。そんな祖父がある日出会ったのが、当時の職場仲間と飛鳥山公園へ花見にでかけ、偶然見かけた空き店舗《てんぽ》だ。

ある時、祖父は言っていた。

『見れば見るほど不思議でしょうがなかったんや。なんでここが埋まらんのや思うてな。こりゃもう運命、店を始めるご縁を感じたわけや』

物件の家賃は安いを通り越して、破格のたたき売り。祖父は細かいことを気にしない性格だったので、実直に『お得』を優先して大衆食堂を始めた。こういうのも脱サラと言うのだろうか。

店が幽霊込みでもうまく回るようになった頃、家族で住める家も同じく王子に求めた。それが今、聡一郎が一人で住んでいる一戸建てである。

祖父にとって一粒種《ひとつぶだね》である聡一郎の父は、料理人どころか包丁すら握らないタイプに育ったので、たまに『王子のじいちゃん家』に行って、たもと屋の仕事を見学させてもらうのは、聡一郎にとって楽しい時間だった。

だから色々あって大人になって、祖父の店を引き継ぐことに抵抗はなかった。いつかそうなるような気はしていたのだ。

（今日は何作るかな……昨日あんまり出なかった定食の肉じゃがも使って、カレーにでも

するか）

祖父が建てた家は、坂の上の王子本町にあり、店へは自転車で通っていた。ロードなんとかなどという上等なものではなく、ただの籠《かご》と荷台がついただけのママチャリだ。先代の習慣にならって王子神社に参拝し、音無橋を渡るルートでも大した時間はかからない。漕《こ》ぎながら到着した先で作るものを考える。

——ああ、また変なのがいるな。

治水工事で音無川に溜まるようになってしまった死者の魂は、あらためてこの橋を越えることによって、彼岸《ひがん》へと旅立つのだそうだ。ほぼ毎日自転車で走っていると、明らかにそれらしい人が橋の手前でためらっていることがあるが、聡一郎は声をかけないようにしていた。これもまた、同じ体質をもつ祖父のアドバイスだ。

『深入りは禁物やで、聡ちゃん。どんだけ姿が人間に似ててもな、あちらさんはもう人やない。影や残像に、ちょこっとだけ色や形がついてはるようなもんいうのを、忘れたらあかんよ』

実際、店の外で聡一郎にできることは、ほとんどない。

唯一例外として、向こうからのれんをくぐって来たなら、その時は祖父の言いつけ通り、話を聞いて食事でもてなすと決めていた。

（それより今は、人間の客をどうにかしないとな……）

店にたどりついたら、シャッターを開け、開店準備を始める。

その頃の飲食店は、全体的に苦境だった。世界規模で感染症が蔓延《まんえん》し、影響は日本にもあった。

入り口に必ず置くアルコールジェル。店内の念入りな消毒。頻繁《ひんぱん》な換気に検温。知り合いの居酒屋は店を閉めたし、聡一郎のところも営業時間を変更した。今まではしていなかったテイクアウトもメニューの選択肢《せんたくし》に加え、しぶとく生き残りをはかっている状況だった。

おおまかな仕込みを終えると、軒下《のきした》に出したメニューボードに専用ペンで、本日の定食とどんぶりを書き込む。

「……へー、『とんかつ定食』に『和風カレー丼』かあ。おいしそう」

呑気《のんき》そうな女の声がした。

メニューボードの前にしゃがむ聡一郎を、若い女が後ろからのぞき込んでいる。

時世にならってマスクこそつけているが、靴《くつ》にタイツにラップスカート、シャツに背中のギアにいたるまで、登山メーカーのカラフルなウェアで統一していた。気合いの入った街歩きだなと聡一郎は思った。このあたりの山と言えば道路の向かいにある飛鳥山で、標高はなんと二十五・四メートルだ。都内は坂が多いが山がないのだ。

「今って、ゆっくり食事できるところ探すのも一苦労じゃない？　みんなお店閉めちゃってるし、それでも開いてるところは混んでるし。特に夜なんてほぼ全滅。出先で泣きそうになったことあるわよ、ラーメン食べたかっただけなのに」

しかしマスク姿の初対面で、実によく喋《しゃべ》る女だった。

成り行きで知ってしまったが、荒川区の町屋《まちや》に住んでいるそうで、ふだん目の前を走っている都電荒川線を見ていたら、他の停留所がどんな風になっているのか興味が湧いたらしい。

「だからほら、一日乗車券買ったの」

手持ちの交通系ICカードを見せてくれた。今日一日は、これで乗り放題らしい。

そうして三ノ輪橋《みのわばし》から早稲田《わせだ》まで、全部で三十ある停留所を一つ一つ降りてチェックしている最中とのことだった。なんとも奇特というか、暇人《ひまじん》の所業である。

「次の仕事のネタに使えるかと思ったんだけど」

「ネタ？」

職業はライターだと彼女は言った。その頃はそう言っていたのだ。

「じゃあ今は……」

「そこの飛鳥山停留所で降りてみたとこ。ご飯食べるんだったら、王子の停留所の方が選択肢あったかも」

「確かに」

「まあでも、ここにするからいいんだけどね」

女は屈託なく答えた。こうなると、店の事情を答えるのが申し訳なくなってくる。

「……うち、開店まであと十五分あるんだけど」

「えっ。お腹減って死にそう」

本当に死にそうに見えた。

「じゃあ……中で食べるんじゃなくて、テイクアウトなら受けるよ。そこの公園の中で食べればいい」

たとえば定食のとんかつと丼の和風カレーを組み合わせて、かつカレー。これならすぐできる。

折しも店から見える桜の景勝地《けいしょうち》は、まだ花見に耐える程度には薄紅色に染まっていた。

「ネタ探してるんでしょ。寄り道は積極的にするべきだと思う」

女は、日本人にしては明るい色の目を細めた。

「——融通《ゆうずう》、きくんだかきかないんだかわからない人だね。でもありがと」

そうして、全身モンベルとパタゴニアで固めた彼女は、聡一郎の勧め通りテイクアウトのカレーを受け取り、難攻不落の霊峰《れいほう》・飛鳥山へアタックをかけにいった。

彼女が去った後、聡一郎はいつも通り昼の営業を一人で回した。

客足は相変わらず鈍かったが、当時はどこも一緒だ。それでも来てくれる人は、生死を問わずゼロではなかったからやっていけたと言っていい。

客が去った後を機械的に消毒して拭いていたら、また硝子戸《ガラスど》が開いた。

「いらっしゃいませ——あ」

聡一郎は、思わず手を止めてしまった。

店に顔を出したのは、先ほどカレーをテイクアウトしていった女だったからだ。

「お兄さんお兄さん。あれね、めっちゃおいしかった！　最高！」

茶色く染めたボブヘアの頭に、飛鳥山の花びらを数枚つけて。

マスク越しでもわかる満面の笑みに、店の中が一気に春になったと思ったのだ。

——あの頃。全世界的に苦しかった感染症の低迷期を乗り越え、たもと屋は今も営業中だ。

人の流れは回復傾向にあり、どこの施設でもマスクの着用義務はなくなった。店に置かれた消毒薬と、一部の働き方改革があの頃の名残《なごり》かもしれない。

「はい、お待ち。今日のどんぶり」

「サンキュー聡一郎君」

あれをきっかけに常連になった菫は、今日もたもと屋にやってきて食事と仕事をしていく。

「……食べるのか書くのか、どっちかにしてくれよ」

「ちょい待って。今いいとこ」

そう言いながら彼女はテーブル席の一つを陣取り、執筆ノートを広げてガリガリと書くのをやめないのだ。

（ったく）

前のめりの姿勢が真剣すぎて、なんとなく料理を置くのをためらってしまう。

一応客のピーク時を避ける最低限の配慮《はいりょ》はしているとはいえ、大衆食堂を仕事場に使うのはどうなのだと思う。作家風に言うなら、カンヅメ部屋だろうか。

「はいオッケー！　第一部完」

「なんでもいいけどさ……」

「さあ食べよう。いただきます」

ペンを置いた菫が、あらためて聡一郎から盆を受け取った。

「お腹減ったー」

どんぶりとセットの汁椀《しるわん》から湯気があがるのを見て、嬉しそうに顔をほころばせる。

顔の造りで言えば、落ち着いた美人の類《たぐい》に入るのだろうが、好物を前にした時の菫はむしろ幼かった。

「たもと屋のカレーおいしいわよね。私これ好きなんだ」

それはこちらもよく知っている。

普通のカレーと違うところは、隠し味に蜂蜜《はちみつ》と赤だしを使うところだ。これで具がなんであろうが全体を和風に寄せた、そば屋風のカレー丼になるのである。定食と共通の、味《み》噌汁《そしる》と漬物もついてくる。

菫以外も気に入る人が多いので、定期的に日替わりのメニューに入っていた。

「そういえば聡一郎君さ」

どんぶりのカレーを陶器《とうき》のレンゲですくいながら、思い出したように菫が言った。

「なんだよ」

「最近、凜々ちゃんの顔を見てない気がするんだけど、私がいない時に来てるの?」

どこにも力が入っていない、真っ直ぐでてらいのない質問に見えた。

しかし答えづらいことを聞いてくるものだ。

「……いや、そういうわけじゃないな」

「えっ、本当？　なんでなの」

「俺に聞かれても」

聡一郎の脳裏《のうり》に、平良凜々の人が好さそうな顔が思い浮かんだ。

社会の荒波に漕《こ》ぎ出て、早々に転覆してしまったお嬢さんで、今は軌道修正によりましな適職につけていると聞く。たもと屋のような店が珍しいのか、はたまた初期の刷《す》り込みか、ちょくちょく食事をしに通ってくるのである。

「単純に……暇がないからじゃないか？」

「忙しいの？」

「勤めてるなんとかって塾、昼から夜の勤務だって言ってたけど」

「それだって、週に二日は休みがあるわけでしょ。今までなら聡一郎君に来るなって言われても、めげずにご飯食べに来てたのに」

「忙しくても自炊《じすい》ができるようになったのなら、めでたい話だろ」

「いいのそれで」

なぜこちらが責められる。

確かに店としては、一食でも多く売って売り上げを充実させる方がいいのかもしれない。しかしあの世間ずれしてない人からは、小銭をまきあげるよりも独り立ちさせてやることの方が大事な気がするのである。なんというか危なっかしいので。

性格が悪い子ではないから、なおさらだ。

菫が半眼《はんがん》で咎《とが》め立てする目つきのまま、テーブルに頬杖《ほおづえ》をついた。

「やっぱりあれ？　例の幽霊と間違えて、中年のおじさんと明治通り練《ね》り歩いちゃった件のせい？」

「……蒸し返すな。本人にも忘れろって言ってるんだ」

まあたもと屋に来なくなる大きな理由があるとするなら、恐らくそちらだろうとは聡一郎も思う。

あれは不幸な事故だった。お人好しで無鉄砲なところがある凜々でも、さすがに懲《こ》りたのだ。

熊埜昌治の方は、滝野川に住む娘さんと一緒に、一回だけたもと屋に来たことがある。生まれ変わった気持ちで再就職に励《はげ》むそうだ。凜々にも会いたがっていたが、絶対に繫《つな》いでやるつもりはなかった。

「連絡先聞いてるんでしょー。ちゃんとフォローとかしてる？」

「もういいだろ別に」

「してないんだ。だめね」

さすがに聡一郎も、絡まれすぎて苛《いら》ついてきた。

「……なんで向坂《さきさか》がそこまで気にするんだ」

「そういうんじゃなくて。聡一郎君は、平気なふりして引きずるでしょ。後悔《こうかい》とかしてほしくないのよ」

「あんたの時みたいにか？」

ふだん人を食ったような振る舞いしかしないくせに、こういう時に一瞬言葉に詰まるのはずるいと思う。反論しようと睨《にら》み返す目が、悲しそうに見えたりとか。

この嘘つきめ。

「──あのさ、三人なんだけど今いい⁉」

空気が一瞬ひりつきかけたところで、ありがたいことに客が来た。作業服姿の男性が、指を三本立てて入ってくる。

強《し》いてそれに問題があるとするなら、そう言って実際に入ってきた人間が、三人ではなく『四人』なことかもしれない。

「……大丈夫ですよ。そこのテーブルにどうぞ」

「サンキュー」

最初の三人までは、そろって同じ雰囲気《ふんいき》の、肉体労働系の中年男性だ。しかし最後の一人が、明らかに毛色が違う。

青い縞模様《しまもよう》の小紋《こもん》に、黒の羽織《はおり》を合わせた美しい女性なのだ。

男性陣が、指定した四人がけのテーブルに座る。しかし、女性は置物のように動かず、店の隅にそっと立ったままだ。

聡一郎は、レジに用があるふりをしながら、さりげなく女性のもとへ行った。

「お客様は、奥の座敷へ」

耳打ちすれば、彼女はようやく会釈《えしゃく》をし、草履《ぞうり》の足でそろそろと移動していった。

その場で男性陣の注文を受ける。

「俺ね、カレー丼に生ビール」

「あ、俺もビールつけて。定食で」

「カレーの大盛りってできる？」

「できますよ。和風カレー丼大盛り一、普通盛り一、鯖《さば》の味噌煮定食が一。ビールが二ですね……」

すぐにオーダーの品を、厨房《ちゅうぼう》で調理してテーブルの客に出した。

次は座敷に向かう。

「すみません、お待たせしました」

半個室の壁に囲まれた婦人は、座布団の上に正座をしたまま、ゆっくりと伏し目がちに頭を下げた。

「……こちらこそ、お忙しいところにお手数おかけいたします」

血色のない肌といい、和装にしても全体に時代がかった髪型や所作《しょさ》といい、どう見ても橋を渡る前に立ち寄る幽霊だ。

しかし――聡一郎の脳裏に疑念がよぎる。万が一間違っていたら困る。

「失礼ですけど、お名前と生年月日を伺《うかが》ってもよろしいですか」

「梅村《うめむら》マサ江《え》、昭和十二年七月八日生まれでございます」

良かったばっちり幽霊だ。

凜々の一件があって以来、聡一郎は慎重になっていた。どれだけ忙しくても、生死の確認を怠《おこた》ってはいけない。

（死んだ年と化けて出た時の見た目が一致しないのは、まああることだしな）

ことに女性が多い気がする。

ともあれ、これで安心して、幽霊向けの接客に絞《しぼ》って話ができるというものだ。

「ご注文は何になさいますか」

「……何がございますか」

「今日の定食は、鯖の味噌煮が主食で、小鉢《こばち》と漬物にご飯と味噌汁がつきます――」

戦前生まれの美しいご婦人は、聡一郎の説明を受けた上で和風カレー丼を奥ゆかしく注文し、レンゲを操りそれを食べた。初めて口にする味を、存分に堪能《たんのう》したようだ。

「――大変おいしゅうございました」

それは何より。

生きた男性三人組が食事を終えて店を出た後、その美しい婦人のことも店の外まで見送った。彼女は静かに橋へ向かい、絵はがきのような情景の中に溶けて消えていった。

（よし）

ひどく慌ただしかった時間がようやく過ぎ去り、聡一郎は店の中に戻ってくる。

菫はこちらがばたばたしているうちに、帰ってしまったようだ。空《から》の食器と代金だけがテーブルに置いてあった。

「なんだかな……」

勝手気ままな人間ではあるが、彼女の言い分がまったく的外《まとはず》れではないというのが、聡一郎としてはしゃくであった。

熊埜昌治の正体を見抜いて止められなかった非は、こちらにもある。彼女は人助けがしたかっただけだろうに。報われるどころか気まずい目に遭《あ》わせてしまった手前、どうしているかずっと気にはなっていたのだ。

様子を尋ねるぐらいは、してみるか——。

聡一郎は厨房の隅でスマホを取り出し、以前交換した凜々のＬＩＮＥに、初めて自分からメッセージを入れた。


『今日のメニューは、鯖の味噌煮定食と和風カレー丼。最近どう？』


気の利《き》いた台詞《せりふ》じゃないのは、勘弁してほしい。

皿を下げて洗い物をしていると、返事がきた。

『いいですね！　食べにいきたいけど、今日は調子が悪くてお休みしてるんです。治ったら絶対行きます！』

（なんだって?）

思わず泡《あわ》のついた手で、防水のスマホを握りしめてしまった。

『病気なの?』

『ちょっと胃腸の調子が』

汗を飛ばす可愛《かわい》い絵文字と、元気をアピールしているらしいスタンプもついていた。とにかく大事にしてくれと念を押しておいた。

しかし病休とは。

（……っとに、いちいちはらはらさせてくれる子だよ）

その後は、定期的にやってくる客の相手をし、無事閉店の時間を迎えた。

レジを閉め、店の中を掃除《そうじ》し、なんだかんだと雑用をこなしてシャッターをおろしたのが、おおよそ午後十時過ぎのことだ。

やっと終わったと、通勤用のママチャリに乗る前にスマホの画面を見直した聡一郎は、思わず息を呑んだ。

『たすけ』


目を疑う三文字。凜々のＬＩＮＥである。

投稿《とうこう》された時間は、今から一時間ほど前だった。仕事でちょうど手が塞《ふさ》がっていた時間帯だ。

慌ててその場で『何かあった？』と打ち、返事が来ないのにしびれを切らして通話も試みた。

（駄目だ出ない）

呼び出しを続けつつ、自転車のスタンドを倒してサドルにまたがった。

彼女の家はここから近い。常連の泰蔵が大家をやっているアパートのはずだ。

今までの凜々との会話を総動員し、店の裏にある醸造《じょうぞう》試験所跡地公園から住宅街へ出た。

そこから目についた建物と表札を、片《かた》っ端《ぱし》からチェックした。

そして――。

「あった。『皆口』……」

さしたる苦労もなく、泰蔵らしき家の表札は見つかった。

本当に近所だった。

隣には、二階建ての単身向けらしいアパートも建っている。『ハイツ王子飛鳥山』という、こぢんまりとした賃貸物件だ。

しかし上下を合わせても両手の指が余るほどの部屋数しかないにしても、凜々がどの部屋にいるかまではわからなかった。入り口に並ぶメールボックスも、防犯のため名前を表記している世帯は皆無である。

女子の一人暮らしだ。恐らく一階の線は薄いにしても、絞りきれない。

（だから出ろって言ってるんだよ、平良さん……！）

聡一郎の頭の中を、過去最悪な事例がよぎり、どうにも嫌な予感が消えなかった。ここまで凜々に送ったＬＩＮＥは既読にならず、通話にも出ようとしない。

聡一郎は迷った末、最終手段に出た。アパートに隣接する、泰蔵の家のインターホンを押した。

しばらく待つと、玄関先のスピーカーが繋《つな》がった。

『……もしもし？』

「夜分遅くすみません。たもと屋の野洲と申します」

『えっ、たもと屋さん⁉』

かなり警戒していた声が、一転してすっとんきょうなものに変わった。

すぐにドアが開いた。泰蔵はすでに寝る支度《したく》をしていたようで、スウェットの上に厚手のカーディガンを羽織っていた。

「どうしたんですか、いったい……」

「すみません皆口さん。お伺いしたいことがあって」

聡一郎はそう言って、その場でスマホの画面を泰蔵に見せた。

「何もなかったらそれでいいんですけど、ちょっと嫌な予感がするんです。俺に直接教えるのが無理でしたら、平良さんの部屋を見にいってあげてくれませんか」

凜々が勤め先を休んでいるらしいこと、体調が悪く、助けを求めるようなＬＩＮＥの後に、反応がなくなっていることも説明した。

泰蔵は老眼が入った目を細め、聡一郎が証拠として出したＬＩＮＥの記録《ログ》を読んでいる。やがて最後の呼び出しが続くところまでたどりつき、あらためてこちらを見た。

真剣な、職業としての大家の顔になっていた。

「……本当はこういうことは、管理をしている側といえど、軽々しくやっちゃいけないんですがね」

「わかります」

「ちょっと待っていてください。様子を見てきますから」

突っかけに足を入れ、玄関を出てくる。

聡一郎はその場で泰蔵を見送り、泰蔵は隣にあるアパートの外階段を上っていった。

しばらくすると、泰蔵が降りてくる。聡一郎のところに来るかと思いきや、今度はアパートの裏へ回った。また早足で戻ってくる。

「皆口さん」

「……なんかちょっと怪しいですよ、たもと屋さん」

顔を合わせるなり、おさえた声でそう言われた。

「怪しい？」

「けっこうな勢いで、水道のメーターだけが回ってるんですよ。ベランダ側から見てみましたが、やっぱり部屋の電気は消えていますす」

「インターホンは」

「押しましたが、反応なしです。平良さん、今日は会社を休んでいるんですよね」

そのはずである。

泰蔵は、ここにはマスターキーを取りに来たのだという。

「漏水《ろうすい》とかあっても困りますし、私は行こうと思います。たもと屋さんのことは止めませんよ」

ついでを装《よそお》って、ついてきてもいいということだ。

逆に言えば、それだけ泰蔵も違和感を覚えているのだろう。気を引き締めてうなずいた。

凜々の部屋は二階の端にあった。

聡一郎は、部屋の前でもう一度スマホを使い、内部の凜々と繋がるか試してみた。

「……出ないですね」

「平良さーん。皆口です。平良さーん？」

泰蔵がインターホンを押して、ノックとともに声がけしても反応はない。

「仕方ないですね」

下から持ってきたマスターキーを使って、鍵《かぎ》を開けた。

中は入ってすぐに、通路と兼用のキッチンになる。コンロが一口だけのミニキッチンについた小さな照明以外、明かりは全て消えていた。

絶えず水音が聞こえるのは、シンクの蛇口《じゃぐち》から水が出っぱなしになっているからだ。シンクの中に置いたボウルが、満水になってもなお水を受け続けている。

そして、シンクの真下にパジャマ姿の凜々がうずくまって倒れていた。

空《から》のコップが転がって、壁の隅で止まっている。

——いいから寝ろ。寝言《ねごと》言ってないで。

くるくると。くるくると回る赤い回転灯。後部ハッチから収容されるストレッチャー。

——期待しないで待ってる。

決して取り返せない言葉があって。

——バイタル確認。呼吸数と脈拍は？　もしもーし、もしもし、聞こえますか？　ご自分のお名前言えますか？　ちょっとあなた、そんなところにいないで。邪魔ですどいて！

——だから俺は。

俺は——。


「平良さん！」

泰蔵の声に、ようやく白昼夢《はくちゅうむ》めいた記憶から我に返った。

「大丈夫ですか、平良さん。しっかり」

聡一郎は、慌てて玄関内に入ろうとする泰蔵を、追い越す形で凜々のもとにたどりついた。

「平良さん」

「……あ、れ？」

頬《ほお》を軽く叩いたら、床に倒れる凜々が、うっすらと目を開けた。顔色は紙のようだが、しっかりと焦点を合わせて聡一郎を捉えた。

「なんで……野洲さん……？」

「落ち着いて。自分がどういう状況かわかってる？」

聡一郎の質問に、凜々は視線を泳がせる。

「……お昼から何か、気持ち悪くて。ずっと吐いてたらお水も飲みづらくなっちゃって。そしたら、急に立てなくなって」

脱水だ、と思った。

「とにかく水分とらなきゃって、がんばってここまで移動したんですけど……また気持ち悪くなって動けなく……」

「わかった。もういいよ平良さん。楽にしてて」

少なくとも意思疎通《そつう》はできる。震えはないし、呼吸も安定している。今すぐどうこうなることはないはずだ。

楽にしろ、という聡一郎の言葉に安堵《あんど》したのか、凜々がまた目を閉じた。

「救急車呼んだ方がいいですね」

「はい、お願いできますか皆口さん――」

彼女は死なない。

大丈夫。

その言葉を何より自分自身に言い聞かせながら、サイレンが近づいてくるまでの短い時間を、準備や支度に費《つい》やした。

＊＊＊

——どうしてここに彼がいるのだろう。

凜々は救急車で運び込まれた総合病院の、空きベッドで点滴を受けながら、ぼんやり途方にくれていた。

野洲聡一郎がベッドサイドの丸椅子《まるいす》に腰掛け、腕組みして目を閉じている。

突然の腹痛と吐き気で身動きが取れなくなっていたところに、彼と大家の泰蔵が踏み込んできてくれたのは、なんとなくわかるのだ。そのまま救急車に同乗してくれて、こうして今も病院から帰らずにいてくれる。

輸液で身体《からだ》も多少楽になってくると、気になることが色々出てくる。

「あの……野洲さん」

「なに」

薄目を開け、そっけなく聡一郎。何か反応が怖いぞと凜々は思った。

「私のスマホって、ここにありますか。アパートに置いたままですか」

「あるよ。財布や鍵なんかと一緒に持ち出したから」

ベッドの上に、ベージュのトートバッグが置かれた。ふだん凜々が通勤用に使っているものだ。部屋で目についたものに、まとめてくれたのだろう。

中には聡一郎が言うように、凜々の貴重品が入れてあった。塾の資料や膝掛けなども一緒に入っていた。

「ありがとうございます。これで職場に連絡できます……」

「そりゃ良かった」

スマホを取り出しロックを外すと、まず大量の通知にぎょっとした。

いったい何事。開いてみれば、全て聡一郎からのものだ。

どうも凜々は、痛みで朦朧《もうろう》としている時に、聡一郎に助けを求めたらしい。開いてすぐに出てきたのが、直前にやりとりしていた彼だからだろう。それを受けて聡一郎は、何度も連絡を取ろうとしてくれたらしいのだ。

（いい人すぎるよ、野洲さん……！）

しかしその後の凛々は朽《く》ち果てていたため、返信どころかスマホを見ることもできず、事実上のガン無視。しびれを切らした聡一郎が、大家の泰蔵経由であのドアを開けた――というわけだ。

意味がわかってくると、あまりの恐ろしさに『ひぃ』と声が出そうになる。

凛々は点滴に繋《つな》がれたまま、パジャマの上半身を聡一郎へ向けた。

「やっ、野洲さん！　まことに、まことに申し訳ありませんでした！　もう大丈夫なのでお帰りください！　どうか！」

「何勝手に起きてるの。点滴外れるよ」

「これ以上お手を煩《わずら》わせるわけには。あの、時間も時間ですし、早くお家に帰ってお休みください。お願いします」

「嫌だ。ここまで来たら、検査結果わかるまで帰らないよ俺は」

なぜそんな駄々っ子のような主張を。

絶句し途方にくれる中、コンコンと個室のドアがノックされた。

「えー、お加減いかがですか、平良さん」

白衣を着た医師が、顔を出す。

さきほど凛々を診《み》てくれた、当直の先生だ。凛々と聡一郎の顔を交互に見て、淡々と続けた。

「検査の結果をふまえた病状を説明したいのですが、えー、付き添いの方はいったん席を外してもらって──」

「いちゃ駄目なんですか。そんなに悪いんですか」

「患者さんのプライベートなことですからね」

「結婚する予定なんですが」

脇から手を握られた。

「婚約者だろうが一緒に暮らしていようが、籍入れてないならまだ家族じゃないです。ともかく一回出てください」

すげない医師の説明に、聡一郎は「ですよね」と不機嫌をあらわにしながら個室を出ていった。

凜々としては、そこまで医師に食い下がるかというか、わざわざ嘘までついてパフォーマンスをしたことに、驚いてしまった。

(け、結婚って)

とんでもないでまかせだ。聡一郎も心臓に悪い真似《まね》をする。

「えーっと、それではあらためてお話ししますね。平良さん。平良さんは胃痛に下痢《げり》と嘔《おう》吐《と》を繰り返したため、今は身体が脱水状態になっています」

――確かにこの内容を聡一郎に聞かれるのは、かなり恥ずかしいものがあった。凜々は別の意味で赤面しながら、医師の言葉に相づちを打った。

「で、検査の結果、平良さんの腸内からある種の菌が見つかりました」

「菌？」

「細菌の感染による急性胃腸炎ですね。最近食べたものを教えてもらえますか。できるだけ詳しく」


「……食中毒？」

「はい。食べた物が悪くなっていたらしくて。いわゆる食あたりだそうです」

医師が出ていった後、当然のように居残っていた聡一郎にも結果を報告をした。

「あっ、野洲さんのお店は関係ないですよ。そこは安心してください」

「いや、どこでだって安心できる話じゃないと思うけど……」

それでも飲食店にとって、食中毒問題は死活問題だろう。営業停止になってしまう。たもと屋は熊埜昌治氏の件で、閉店まで飲んだのが最後だ。それからしばらくは余計なことに首を突っ込まず、清く正しくみのり塾のお仕事に打ち込んできたのである。外食もしていない。

「それでなんで食中毒」

「私もなんでだろうって思ったんですけど……一個だけ心当たりが出てきて」

「なに」

「作り置きのお弁当です。昨日のがラスト一個で、さすがにそろそろ悪くなってたのかなと……」

いつものように冷凍したものを保冷バッグに入れて持っていき、レンジで加熱してから食べたが、微妙に味が違った気がした。きっと時間とともに菌が増え、毒素が弁当に回ってしまったのだろう。医者もたぶんそれだねと言っていた。

丸椅子に座る聡一郎が、激しくうなだれた。

「……やっぱり俺のせいじゃないか……」

「なんで、野洲さんはぜんぜん悪くないですよ！」

凜々は必死に訴えた。

「私が横着して、野洲さんのレシピの倍の量を作った上に、ご飯もなんもかんも詰めこんでたせいです！」

安心した。

「腐るわ馬鹿野郎！」

額にチョップをくらった。

聡一郎もとっさの反応だったようで、『しまった』という顔をしていたが、凜々は逆に安心した。

「米と生ものは怖いんだぞ」

「はい、怖い物知らずの馬鹿者です。次からは気をつけます」

「……是非《ぜひ》そうしてくれ」

気が削《そ》がれたように、椅子に座り直していた。

「ともかく命に別状はないんだね」

「大丈夫です。今夜は念のため一泊しますけど、明日には退院できるそうです」

あとは抗生物質を飲んで食事に気をつけ、安静にしていれば治癒《ちゆ》するとのことだ。

実家の母に連絡して、着替えは取ってきてもらう必要があった。

「ほんとに……アパートで君が倒れてるのを見た時、心臓が止まるかと思ったんだ……」

「ごめんなさい」

「無事でよかった」

うつむき加減に呟《つぶや》いた聡一郎の声が、気がつけば湿り気を帯びたものに変わっていて、凜々は非常に驚いた。

彼は泣いていた。涙を流して。見間違いなどではない。手でぬぐってもまだ涙が止まらないのだ。

「ごめん。だめなんだ俺こういうの」

自分がやった失態で、自分が責められるのは当然だと思っていた。でも泣かれるなんて思わなかった。聡一郎のような、しっかりした大人の男性がだ。

「大丈夫です。生きてます野洲さん。ごめんなさい、心配かけて」

「生きててよかった……」

凜々は聡一郎の手を取った。必死に自分が無事だと伝え続けた。

胸が痛んで苦しかった。もう絶対にこんな真似はしないという強い後悔《こうかい》と、それとは別の愛《いと》しさと。全部がぐちゃぐちゃになって、分けることなどできなかった。

＊＊＊

総じて言えば、あの頃はずっと苦境だった。

四方八方、どこを向いてもやれクラスターだ、何回目のワクチン接種だとなかなか先の見通しが立たない状況で、閉塞感《へいそく》に息苦しくなる毎日で。それでも彼女が来ると花が咲くような気がするのだ。名前に掲げる野の花よりもっと色鮮やかな、うまく説明できないけれど大輪《たいりん》の花が。

いつからか、店に彼女が訪れるのを、心待ちにするようになっていた。

「こんにちは！」

開店直後のたもと屋に、向坂菫の明るい声が響き渡った。

入り口で手を消毒してから、聡一郎が見えるカウンター席に腰掛ける。

「はー、今日も暑いね。マスクの中、蒸れ蒸れだわ。冷房万歳《ばんざい》」

「そう言って、また座敷で原稿書くのか？　うちはスタバじゃないんだぞ」

出会ったのが春で、暦《こよみ》が夏になる頃には、彼女も自分の職業が専業作家なことを明かしていた。ついでに堂々と執筆もするようになっていた。

本日の菫はやわらかい生地の半袖《はんそで》シャツと白いパンツ姿で、ひどい時の全身山ガールよりはまだ都会的だ。足下は相変わらず、ヒール嫌いのスニーカーだったが、背の高い彼女には必要ないものなのかもしれない。

「あー、悪いけど、今日は食べたらすぐ出るの。メニューも早く出せる方ちょうだい」

「何かあるのか？」

「この後、有楽町《ゆうらくちょう》まで行かないといけないのよ。仕事で人に会う予定があって」

「珍しいな。このご時世に、対面で打ち合わせかよ」

「……編集さんだけなら、オンラインでいいんだけどね。先方のプロデューサーさんやら監督さんやら、なんか色々あるらしいのよ」

菫はカウンターに置かれたセルフの水差しから水を注ぎ、マスクをずらして水を飲んだ。少し考えるような間が空《あ》いた。

「野洲君なら、言ってもいいか。今度ね、私の小説が映画になるのよ」

予想外にもほどがある回答だ。

「……小説って……あの男同士のか」

「そっちじゃなくて、一般文芸なのも最近は書いてるの」

やや苛立《いらだ》った口調で訂正《ていせい》された。

作家としてのペンネームを聞いて、何も読まないのも失礼かと思い、大量にあった著作リストの一番上にあったものを、電子書籍で買ってみたのだ。彼女のデビュー作で、ジャンル的には男性同士の恋愛を扱ったボーイズラブと呼ばれるものらしい。

聡一郎が今まで読んだことがない分野だっただけに、感想を言うのはなかなか難しかった。けれど彼女の本を読んで感動したという声は、ネット上に大量にあがっていて、沢山《たくさん》の人に愛されているのはうかがえた。

（客がいるのはいいことだ）

テーマはともかく、言葉遣いは非常に繊細《せんさい》だった。聡一郎ですらうっかり心を打たれる表現があった。

「……そっか。それじゃ、ちゃんとお祝いしないとな」

「野洲君が？」

「めでたいことなんだろ？」

菫にじっと見つめられたが、聡一郎は真顔を維持した。

駆け引きと腹の探り合いは、面倒くさい。お互いまだ確証もない。でも、誘いを冗談だとは思われたくなかった。

彼女の周りに――花が咲く。

「そうだね、ありがと。すごい嬉しい」

だから次の定休日、はじめて店の外で菫と会った。

聡一郎が予約した、個室のワインバーだ。たもと屋の時とは違う雰囲気《ふんいき》の服と化粧《けしょう》をした菫は、想像以上に綺麗《きれい》だった。

営業時間が短かったので、次は家で飲もうという口実もつけやすかった。初めて聡一郎は、こんな時世で良かったと思ったのだ。

彼女はよく笑う。その明るい顔で嘘もつく。

真性のプロの嘘つきの妙技を、なめてはいけない。

「うわ。環七《かんなな》のラーメン屋に深夜の押し入り強盗だって。こわ」

今、菫はまだ開店していないたもと屋に押し入り、前夜の客が残していった新聞をテーブルに広げて読んでいる。

「お店やるのも大変ねー。食中毒出しても怖いし、聡一郎君も気をつけてね」

冷静になって考えれば、彼女が最新のニュースにどうやって触れているのか不思議ではあった。案外こういうアナログな方法なのかもしれない。

「……人が支度《したく》で忙しい時に、優雅に他人《ひと》ごとな台詞《せりふ》吐かれると、蹴《け》っ飛ばしたくなるよな」

「あら、他人ごとなんてそんな。優雅は褒《ほ》め言葉で受け取っておきますけど」

「ちょっとは手伝おうとか思わないか？」

「やーよ。私君と結婚しても、食堂の女房にはなりませんからね」

菫はけらけらと、屈託なく笑っている。

そのまま新聞をめくり、次の紙面に出てきた記事に目を通し始めた。

「なあ向坂」

「んー？」

「あんた今、どこで寝泊まりしてるんだ？」

あの町屋のマンションに、戻れていないのはわかっていた。

菫はゆっくりと、聡一郎を振り返った。笑っているが真意は見えない二つの目玉。硝子《ガラス》細工のようなそれが、こちらを向く。

「どこだと思う？」

「わからないから聞いてる」

「他の男のところ」

のれんの竿《さお》を出しに行こうとしていた聡一郎をじっと見据え、試すように口の端を引き上げる、そういう女だ。

（こいつは――）

聡一郎は、竿を手近なカウンターに立てかけた。

そのまま無言で、笑う彼女のもとに向かった。

***

「平良さん、平良さん！」

凜々が部屋の戸締まりをして階段を降りていくと、大家の泰蔵が手を振っていた。母屋《おもや》とアパートの間にある植え込みの、手入れをしていたようだ。

「これからご出勤ですか」

「はい。大家さんは、お花を植えてらっしゃるんですか？」

「そんなところです。いい加減、冬用の植え付けをしなきゃいけないと思って」

泰蔵はアイロンのきいたシャツに苔色《こけいろ》のセーターとスラックス姿で、ガーデニング用のエプロンをつけて作業しているところは、古き良き英国紳士のようである。足下には、可愛《かわい》らしい花のポットがいくつも並んでいた。

暖冬傾向で暖かい日が続いているが、もうカレンダーは十一月だ。植え付けには遅すぎるぐらいだと泰蔵は言った。

「これがビオラで、こちらがアリッサム。残りがクリスマスローズ。平良さんはご存じですか」

「……不勉強ですみません。でもどれも可愛いです」

「はは。私も似たようなものですよ。全部家内の指示で」

その『家内』は、すでに鬼籍《きせき》に入ってしまっているが、用意周到なマニュアルがあるのを凜々は知っていた。思わず微笑《ほほえ》みそうになるが、その前に言うべきことがあった。

「この間は、本当にご迷惑をおかけしました。ご心配おかけしてすみません」

「無事で何よりですよ。もう身体《からだ》の方は大丈夫なんですか？」

あらためて頭を下げる凜々を、泰蔵もまた案じてくれる。

いきなり倒れて大変なことになった凜々の弁当食中毒事件だが、大家の泰蔵にも部屋の開け閉めや救急搬送などで、非常に世話になったのである。

一晩入院して点滴した後、アパートで薬を飲みながらおとなしく養生《ようじょう》し、今日は外来で診察してもらってから、職場に行く予定である。

（お弁当作るの、まだちょっと怖いんだけどね）

でも、せっかくやり方を覚えてきたのだ。冷凍でも数日で食べきれる量にする、ご飯だけは当日のものにするなど、様子をみながらやっていこうと思う。

「おかげさまで、もう平気です」

「あの時はたもと屋さんが、そりゃあ必死になってうちに来ましたからね。気づいてもらえて良かったですね」

「本当に」

彼に関してはもう、しばらくあちらの方角に、足を向けて寝られそうにない。神様仏様、野洲聡一郎様だ。

そこで泰蔵が、急に人目を憚《はばか》るように、喋《しゃべ》る口元に手をあてて尋ねてきた。

「……ここだけの話なんですが、たもと屋さんと平良さんは、いわゆる『いい仲』だったりするんですか？」

「はっ、え、いいえそんなことはっ」

「いやいや別に隠さなくていいんですよ。大家なんぞの分際で、口を挟むつもりはありませんし」

「挟むもなにもありませんから」

どこから出てきたのだ、その矢印は。

「若い方の恋愛は、大いにしていただきたいと思っております。お二人ならお似合いですし、私も陰ながら応援できればと……」

「ですから本当に本当に違うんです！」

聞いてくれ。一生懸命訂正した。

最終的に泰蔵はうなずきはしたものの、別れる時もまだ微妙に納得していない感じがして恐ろしかった。

しかし『二人ならお似合い』なんて無邪気に言われると、どうしても意識してしまうではないか。こちらは考えたこともなかったのに。

（ああびっくりした）

聡一郎は、言われなくてもいい人だとは思う。それはまあ多少理屈っぽい上に、凜々は正論パンチで塩対応ばかりくらっているが、そのぶん誰にでも実直で、生きている人にもそうでない人にも、分け隔《へだ》てなく寄り添える心根の持ち主ということでもある。

病院で目《ま》の当たりにした意外な一面に、どきりとしたのも確かで。

お似合い。

冗談だろう？

そういうことを、ぐるぐるもやもや考えながら歩いていると、駅への通り道にあるたもと屋が目に入った。

これから病院の外来に寄ってから仕事へ行くつもりなため、今はまだ開店時間ではない。のれんも何も出ていないが、出入り口の引き戸が少し開いていた。

聡一郎は、もう中にいるのかもしれない。

凜々は、吸って吐いてと深呼吸をした。

（……いい、私。これはただのご挨拶《あいさつ》。ご迷惑をかけて申し訳ないと、大家さんに言ったことと同じお詫《わ》びを言いにいくだけよ）

泰蔵め。変なことを言ってくれたおかげで、聡一郎にも会いづらくなってしまったではないか。

心の中で大家に恨み言を言いながら、開店前のたもと屋へ向かった。

引き戸の前までやってきたら、中から男性の声が聞こえてきた。

「あんた今、どこで寝泊まりしてるんだ？」

この声――聡一郎か？

思わず耳をすませた。

「どこだと思う？」

「わからないから聞いてる」

「他の男のところ」

聡一郎の声以外にも、若い女性の声が混じって聞こえた。まだ店が開く前のはずなのに、なぜだろう。

胸がざわついた。

戸を開けようとしていた手を戻して、十センチほどの隙間《すきま》から中を覗《のぞ》いた。

——やめておけばよかったのだ。

「そういうことは、嘘でも言うな。腹立つだろ」

店のテーブル席に向坂菫がいて、聡一郎がそんな彼女の顎《あご》を持ち上げ、唇を重ねていた。

凜々はその、一度見たら忘れられない光景を前にして、ただ息を止めたまま後ろに下がった。

決して音をたてないよう、中にいる人たちに気づかれないよう、けれどできるかぎりの早足で、現場を立ち去った。

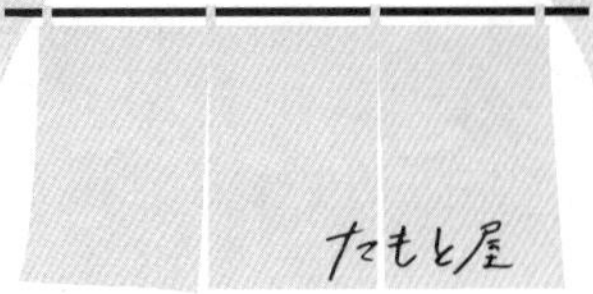

【3】天国まであと一寸《ちょっと》

Otonashi
Bashi
TAMOTOYA

凛々《りり》は時々、自分の間の悪さが嫌になることがある。

さんざん考えた上でたもと屋を訪れたら、こういう時にかぎって客でいっぱいだったりするのだ。

「ああ平良《たいら》さんか。いらっしゃい」

「……すみません。変な時に来ちゃったみたいですね」

なぜだ。一応、平日昼間の、ピーク時を避けたはずなのに。

「ウォークラリー中の団体さんらしいよ」

一人で客の対応をしていた聡一郎《そういちろう》が、少しやつれた様子で教えてくれた。

なんでも飛鳥山《あすかやま》公園にある三つの博物館をチェックし、この後は音無川《おとなしがわ》親水公園と石神井川《しやくじいがわ》沿いを散策して、最後は赤レンガ倉庫を使った図書館まで向かうらしい。

なるほど。今席にいる皆さん、アクティブなシルバー率が高い。

「そういうわけで平良さん、悪いけど奥の座敷使ってくれる？」

「はい、わかりました……」

「机で向坂《さきさか》がガリガリやってるだろうけど、相席ってことで」

歩き出したところで出た名前に、心の底が小さくざわついてしまう。

（ほんと嫌だ）

別にこの感情は彼女が悪いのではなく、むろん聡一郎が悪いわけでもない。簡単に些細《ささい》なことでうろたえる自分がいけないのだ。

聡一郎が言っていたように、壁一枚を挟んだ半個室の座敷には、菫《すみれ》という先客がいた。四人がけの座卓に大学ノートを広げ、シャープペンシルで何やら長文を書いている。仕事の小説だろうか。内容まではわからない。ただノートを前に伏せた睫毛《まつげ》が非常に長く、鼻筋が日本人離れした整い方をしていた。

長身で、服装も含め中性的で明るいイメージが強い人だが、本来とても綺麗《きれい》な女性だと思う。

「……ん？　凜々ちゃん？」

「どうもこんにちは。ご無沙汰《ぶさた》してます」

「うわー、ほんとだ凜々ちゃんだ。何してるの、早く座ってよほら」

菫は自分のノートを閉じて、座卓の下に引っ込めた。屈託なく座れと言ってくる。

凜々は恐縮しながら、そんな彼女の向かいに腰をおろして正座した。

「身体《からだ》の方は大丈夫？　お弁当に中《あ》たったたんだって？」

「野洲《やす》さんから聞いたんですか？」

「うん、まあね」

菫は簡単に認める。

「でもさ凛々ちゃん、一人暮らしで身動き取れないって、相当怖くない？　私も一回経験あるんだけど、滅茶苦茶《めちゃくちゃ》きつかったわよ──」

凛々は菫の話に相づちを打ちながら、ずっと聡一郎と彼女の関係について考えてしまっていた。

（……そりゃあね。野洲さんも菫さんも、すごくいい人だし。格好いいから恋人の一人や二人いたっておかしくないよ。いない方がおかしいぐらい……）

店主と常連のくくりにしては、息があって仲がいいとは思っていたが、やっぱりつきあっていたのか──。

「で、今日は何注文するの？　定食がね、豚のネギ塩焼きで、どんぶりが韓国風の焼き鳥丼だって。私としてはどんぶりがヤンニョム効いててお薦《すす》めだけど、病み上がりにはちょっときついか」

「いいえ。今日は野洲さんに、お詫《わ》びの品を持ってきただけなんですよ」

「えっ、嘘。いいのにそんな」

「そういうわけにいかないです。本当に迷惑をかけてしまったので」

「しかも待って、菓子折！　お店は『とらや』！」

「はい。羊羹《ようかん》の詰め合わせです」

　菫は凜々が脇に置いた、老舗《しにせ》和菓子屋の紙袋と熨斗《のし》つきの菓子箱を見ながら恐れおののいている。

「どんな不祥事《ふしょうじ》かましたのよ。横領？　収賄《しゅうわい》？　女性問題？」

「塾長に相談したんです。深い謝罪の気持ちを伝えるには、ここの羊羹と一緒に誠心誠意お詫びするのが一番だというので」

　菫は、座卓に突っ伏して肩を震わせている。

「菫さん？」

「凜々ちゃんって、凜々ちゃんって……」

　何かまずかっただろうか。和菓子の羊羹はお茶請けによし、アウトドアの携行食によし、非常持ち出し袋のローリングストックによしの完全栄養食である。

　聡一郎が、「何騒いでるんだよ」と顔を出した。それで菫が、窒息《ちっそく》寸前の真っ赤な顔を上げた。

「大変よ聡一郎君。凜々ちゃんに詫び土下座《どげざ》でもさせる気？」

「はあ？」

「ね、本人ぜんぜん気にしちゃいないんだから。元気になって、こうやって顔見せてくれるだけで充分よ。会社の不始末詫びる役員になんかならなくていいから」

「よくわからないけど、向坂の言う通りだと思うぞ。あと飯の注文どうする?」

——二人の仲の良さが、単純に羨《うらや》ましかった。

何がお似合いだ。ここでがっかりしている自分に、一番がっかりしてしまう。

せめてこの時だけは、自分の不器用さを言い訳にしないで、湧いたばかりの浮ついた気持ちを完璧《かんぺき》に隠し通そうと思った。きっとできるはずだ。

凛々は二人の前で笑顔を作った。

「まだ油物とか、食べられないんですよ。生野菜も、胃腸に負担がかかるから避けなさいって言われてて」

「じゃあ味噌汁《みそしる》と、ご飯に漬物ぐらいしか駄目そうだな。お握りとか作ったら食べられそう?」

そうして聡一郎が凛々のために用意してくれたのは、粗塩《あらしお》だけで握った塩むすびと、しじみのお味噌汁だ。

どちらもほどよい塩加減が口に優しくて、シンプルだからこそ素材の味が引き立つ、傷心の身でも食べやすい二品《ふたしな》だった。

(おいしい……)

本当に、悔《くや》しいぐらいにおいしかった。


お詫びの羊羹は、こちらの熱意でなんとか受け取ってもらえた。

ともすれば意味もなく落ち込みそうになるのを救ってくれたのは、現実に取り組む仕事であり、できたばかりの教え子たちだった。

「ちょっともう、ひなちゃん。いま寝る時間じゃないよ」

夜の八時。窓からＪＲの操車場が見える雑居ビルの一室が、凜々の職場だ。

みのり塾本部での研修も終わり、今は香澄《かすみ》が教室長をしている田端《たばた》教室で、学習ボランティアとともに子供たちを教えていた。

「だってぜんぜんわからないんだもん」

「そういう時は、無理しないで聞いていいんだよ」

高峯《たかみね》ひなは、中学二年生。学習のつまずきは小学生の頃からだが、みのり塾に来て少しずつ遅れを取り戻しているところだ。

起き上がったひなの机には、うっすら序盤だけ書き込んだ形跡が残るプリントがある。

凜々はプリントの下に隠してあったブツも、一緒に白日のもとにさらしてやった。

誌。かなりの量がある。

（こうだ）

一番上が、アイドルグループが表紙を飾っているファッション誌。その下が映画の情報誌。かなりの量がある。


「ひーなーちゃーん」

「あはは。ばれた。ばれた？」

「ばれたじゃないよー、もー。雑誌読む方が忙しかったんでしょ」

とても褒《ほ》められた授業態度ではないが、これでもましになったのである。

最初は担当として信用してもらうため、あれこれ雑談からはじめた。勉強は苦手でもドラマが好きで、特に某《ぼう》若手俳優がお気に入りとのことで、懐《ふところ》を痛めず沢山《たくさん》の雑誌やムックを読む方法などもリークしてあげた。

「でも平良ちゃん。教えてくれた情報、めっちゃお役立ちだったよ。使えるよトショカン。コーセーが載ったホンいっぱいあった」

「でしょ？」

「本屋にない号もあるし、タダだしギガも減らない」

ひなが持ち込んだ大量の雑誌は、みな区立図書館のバーコードが貼ってあった。図書館は過去のバックナンバーも所蔵している点でも、『推し活』には良いと力説した結果だろう。

宝の山が見つかって嬉しいのはわかる。その素直さを活《い》かして、勉学もがんばってもらいたいところだ。

「平良先生ー、問三解けましたよ」

そこに前列の女子生徒が、プリントを持ってやってきた。彼女も凜々の担当で、ひなとは違う中学に通う三年生だ。

「あー、またさぼってるの、ひなちゃん。だめじゃん」

「だって知帆《ちほ》ちゃん、ここんとこのコーセーとかやばいんだよ。見てみ」

「え、どれ――」

だめだ。受験生の知帆まで、ひなの雑談作戦に巻き込むわけにいかない。

さすがに止めに入ろうと思った時、凜々は我が目を疑ってしまった。とっさに二人が広げていた雑誌に手をのばした。

「どうしたの?」

――菫だ。

ひなが贔屓《ひいき》にしている俳優と、向坂菫が喋《しゃべ》っている写真が、雑誌に見開きで載っていた。

『映画公開直前！　スペシャルトーク～西村恒星《にしむらこうせい》×高久《たかく》ハルキ』

撮影場所は、横浜《よこはま》のみなとみらいあたりだろうか。たもと屋にやってくる時の、飾らない少年のような格好に比べ、服もメイクもきちんとして女性らしいが、この特徴的な顔を見間違えるはずがない。菫だ。

どうやら邦画の公開に合わせ、主演俳優と原作の作家で対談をした企画らしい。

「ちょっと……作家さんの方に興味あって。それなんの雑誌？」

「『モナリザ』の十二月号だよ」

「ありがとう。今度本屋さんに買いに行くよ」

絶対に忘れないようにしよう。『モナリザ』は、エンタメ寄りの文芸情報誌だ。本当にひなは、図書館の検索に引っかかった雑誌を片《かた》っ端《ぱし》から借りたようだ。

（すごいよ、菫さん）

プロの小説家だと聞いていたが、まさかこんなに大きく取り上げられるほどとは思わなかった。雑誌と一緒に著作を持っていったら、サインをしてくれるだろうか。

「違うよー、平良ちゃん。これ十二月号だけど、去年のだよ」

「え？」

「ばっくなんばー」

平坦な調子でひなが言った。

「最新号は借りられないんだって、平良ちゃん自分で言ってたじゃん」

「……あ、そっか。そうだよね」

浮き足立ったところに、水をかけられた感じだった。

確かに今書店に並んでいる雑誌は、図書館でも貸し出し禁止になっているはずである。ひながここに持ち込めるはずがない。

（情けない。去年は就活でひどいことになってたからな……）

思えばめぼしい映画も本も、ほとんどチェックできていなかった。ここで取り上げられている映画と原作のタイトルも、当時はそれなりに宣伝されたろうに、恥ずかしながらほぼ初耳だ。

（ともかく菫さんのペンネームは覚えたぞ。高久ハルキ、高久ハルキ）

明日は塾も休みだ。王子《おうじ》の書店になかったら、大型の本屋まで遠征してもいいかもしれない。

「はい、もういいから課題に戻ろう」

凜々は気を取り直して、今度こそ楽しい雑談タイムに終了を告げた。二人は「はーい」と返事だけは素直である。

「──それでね、ひなちゃん。その高久って原作の女のひとが、映画公開されてすぐ亡くなっちゃったんだよ」

「まじで？　かわいそ」

「ほんとに。友達がＢＬのシリーズ集めてたから、めちゃくちゃ泣いてたもん──」

ひなよりお姉さんの知帆が、自分の席に戻りながら喋っている。

凛々の手から、添削《てんさく》用の赤ペンがこぼれ落ちた。


深夜一時。

塾の仕事が終わってアパートに帰宅し、簡単な夜食と風呂をすますと、すぐにそんな時間帯になる。凛々は洗った髪を乾かす傍《かたわ》ら、ノートパソコンのブラウザ検索画面に、一つのキーワードを打ち込んだ。

（エンター）

大量にヒットした。

トップページの一番上に、有志で作った『高久ハルキ』のウィキページ。その次に、大手書籍通販サイトの著作リスト。宣伝用のブログにツイッター。

自分がもはや引き返せないことをしているとは思いながらも、凜々は頭にバスタオルをかぶったまま、一つ一つリンクを開いて読んでいった。

（高久ハルキ。日本の小説家。神奈川県出身。〇〇学園大卒。二〇××年、小説『アッシュ』に掲載された短編にて小説家デビュー。翌年の『ロマンスなんていらない』が初著書となり、シリーズ化される……）

著作は多数。若い女性読者の間で、カリスマ的な人気を誇ってきた。

（ボーイズラブ作品を多く手がける一方、近年は一般文芸作品も発表するようになる。『停留所のパラソル』は第七回書店ランキング大賞受賞。西村恒星主演で映画化もされる）

そして。

「……翌月の十二月。急性くも膜下《まっか》出血《しゅっけつ》で急逝《きゅうせい》する……」

亡くなったのは、去年のクリスマスだった。

倒れた場所が都内の自宅マンションだとか、病名まで具体的に書いてあるニュースサイトもあった。

この急逝した作家が菫だとするなら、今いる彼女はなんなのだろう。

凜々がたもと屋に行くと、よく顔を合わせる。直接の連絡先は知らない。沢山笑う、明るい人だ。『自己PR』と『ガクチカ』は、彼女の鋭い分析がなかったら決められなかった。

聡一郎と仲がいい。

店でキスをしていた。

「やめなよそういうの。夜中に寝られなくなっちゃうわよ」

「────っ⁉」

不意に背後から話しかけられ、凜々は声にならない悲鳴をあげた。

頭のバスタオルを引き剝《は》がして振り返れば、そこにいたのは検索の主で。

「……すみれさ」

「こんばんは」

向坂菫が、なんの脈絡もない唐突《とうとつ》さで立っていた。

ここは凜々の暮らすアパートだ。狭いながらも自分で家賃と光熱費を払う、二階の洋室、六畳間《じょうま》。彼女の背後には、玄関とバス・トイレに通じるミニキッチンがあり、鍵は玄関も窓も、確かに閉めていたはずだ。

凜々と菫は、床に座位と立位の差はあれど、しばらくそのまま見つめ合っていた。

菫は白いカットソーとベージュのパンツの上から、ショート丈のブルゾンを羽織《はお》っている。きちんと、初冬という今の季節に合わせた格好だ。室内で靴《くつ》を脱いでいるのも、地味に配慮《はいりょ》が行き届いているなと思った。そんなこと、今はどうでもいいことだろうに。

普通にしていても、目が笑っているような顔立ちの人だ。菫は今も微笑《ほほえ》んでいるが、真意はかえってわかりづらかった。

「……たぶん。私じゃ触っても、違いとかよくわからないと思うんですけど……」

「そうだね。あなたはかなり特別」

「でも……幽霊なんですね」

今まで得た情報と、今目の前にある現象が、彼女の正体を如実《にょじつ》に告げてくれていた。

菫は残念なことに、否定しなかった。凜々は膝のあたりに落ちたバスタオルを引き寄せ、にじんできた涙をそれでおさえた。

「私もね……別に死ぬつもりなんてなかったのよ。言い訳にもならないかもしれないけど」

言い訳ではなく、本心だろう。作家としても順風満帆《じゅんぷうまんぱん》で、きっとこれからだったはずだ。

「しかも死因が脳卒中って何って話で。もっと年取ってからなるもんだと思ってたから、ババアって言われた感じで落ち込むわよ。三十になったばっかりだったのに」

「そんなことないです……若い人でも血管の異状などで起こりうるって、病院のサイトに書いてありました！」

「あはは。そこで力説しないでよ。可愛《かわい》いなあ」

　菫は声をあげて笑った。

「――ごめんね、凜々ちゃん。こんな押し入り強盗みたいな真似《まね》して」

　そんなことない。続けて謝る彼女の声が優しくて、凜々はバスタオルを握りしめたまま、黙って首を横に振った。

　ただ運命のようなものを憎みたかった。

「このあたりまでは、親水公園からギリギリ電波が届くような感じなのよ。聡一郎君が寝に帰ってる家とかは、圏外みたいで行けなくて」

「はい。大家さんの奥様も、似たようなことおっしゃってました」

　彼女もまた死者だった。残していく人のことを案じていた。

「私が死んだことについては、まあしょうがないかなとは思うんだけど……彼がね」

「……野洲さんですか」

「うん。可哀想《かわいそう》なことしたと思ってる」

　恋人で、菫が倒れた時に現場を見つけ、病院まで付き添ったのも聡一郎なのだと言った。

　凜々はそれを聞いて、自分の時に聡一郎が病室で泣いたことを思い出した。

あれはきっと、悲しい出来事が蘇《よみがえ》ったのだろう。なんて残酷《ざんこく》な真似をしてしまったのだ、自分は。

「引きずってなきゃいいなって思って、この状態になってからたもと屋に行ったんだけど……案《あん》の定《じょう》落ち込んでた。私も見てられなくて、けっきょくずるずる居着いちゃった。最悪のパターンよ」

「そんなこと」

「あるわよ。いつまでも居続けられるわけじゃないのに」

菫は、着ていたブルゾンを脱いで、両手に抱えた。下のカットソーは、短いフレンチスリーブだった。

むきだしの二の腕をさらしても、彼女の白い肌は鳥肌一つ出ていない。

「そろそろ身体《からだ》がなくなって、一年になる。周りを見ながら格好も調整してるけど、正直暑いか寒いかもよくわからないのよね」

「菫さん……」

「時間の感覚も、最近はけっこう曖昧《あいまい》だし。私もう行かなきゃいけないんだと思う」

菫は凜々の目の前に膝をついた。こちらの両手を、そっと握った。

（――なんで）

どうしてこんなにやわらかくて温かいのに、生きているとしか思えないのに、なぜ。この人が一年近くも前に亡くなってしまっているなんて、そんな馬鹿な話があってなるものかと思った。

「最後にね、凜々ちゃんにお願いしたいことがあるの。向坂菫、一生のお願い――って、もう死んじゃってるか」

凜々は菫と一緒に、笑っていいのか泣いていいのかわからなかった。

下手《へた》にうなずいたら涙がこぼれそうで、ただ温かいその手を握ったまま、頼み事を喋《しゃべ》る彼女の目をじっと見ていた。

＊＊＊

映画化の祝いにかこつけて菫を飲みに誘い、そのままつきあうようになった。

それからなんだかんだと一年がたち。頻繁《ひんぱん》に連絡を取り合う仲になってわかったのは、彼女がとにかく忙しい人間だということだ。

「……あのな向坂。ＬＩＮＥの言い訳見たけど」

『うん。ごめんね聡一郎君。読んで字のごとし』

「ドタキャンするのは仕方ないにしても、『今起きた、テヘ』はすさまじく腹がたつぞ。それでも作家か」

待ち合わせの店や駅前で、よくそんなケンカもした。

互いの家でのんびり過ごすこともできたのに、わざわざ外を指定した時にかぎってこうなるのだ。

『間に合わせたくて、明け方までゲラチェックしてたのよ。ほんとごめん』

「……そんな無理して仕事詰めこまなくても、充分売れてるだろ」

少しは休めという意味で言ったつもりだった。

その頃は、ずっと世界人類を悩ませてきた感染症の患者数もようやく落ち着き、治療薬の開発もあって、マスクなしでも出歩けるようになっていた。

菫のところの映画化企画も、一時はロケができずに撮影が止まるなどトラブルがあったらしいが、なんとか無事完成したらしい。

あとは十二月の映画公開を待つばかり。ハッピーで順調極まりないはずなのに、彼女はメディアの取材を受け、さらには新作の準備と寝る暇もない生活を送っていた。

『……売れてくれるのはありがたいけど、イメージがそれだけになっちゃうのが嫌なのよ。だから次の話には、絶対に力を入れたいの』

「それでまた売れたら、今度はそのイメージがつくのが嫌で忙しくするのか？　きりがないだろ」

『聡一郎』

自分の言葉に、消せない棘《とげ》があるのは感じていた。

「……ごめん。ただ、あんまりないがしろにされるのは、俺だってきついんだ」

『そんなつもりない。君のことは大好き。迷惑かけてるのはわかってるけど……』

こういう時、お互い次の言葉が出なくなる。相手のことを思って、でも譲《ゆず》れないからだ。どうにかできないのか。どうにもならないのか。

『──クリスマスになったら……』

スピーカーの向こうから、菫の考えぬいて絞《しぼ》り出すような声が聞こえてきた。

『夜は聡一郎君のところに行く。ケーキとお酒買ってく』

「わかった。期待しすぎないで待ってる」

聡一郎は通話を切った。

冷たい言い分だろうか。だが一人待ちぼうけて終わったミッドタウンを、また逆方向へ引き返す人間には許される気もしたのだ。少なくともその時は。

「ごちそうさん、聡一郎。うまかったよ。これなら先代も満足だろ」

「ありがとうございました」

聡一郎は客から受け取った現金を、レジの中にしまった。

時刻は午後二時二十分。ランチタイムのラストオーダーの時間が迫り、店の客は今の男性で最後だった。祖父の代からの常連客だが、まだ幽霊にはならずに駅の反対側から通いに来てくれる人だ。

（昼の部はもう終わりかな）

こうなるといささかだらけた気分で、テーブルに残った食器を片付けはじめる。

誰もいない店で作業をしていると、どうしても考えてしまうことがある。

結論から言えば、あの日の彼女の約束は守られなかった。

そこに悪意はなかったと信じている。

聡一郎がこうしてたもと屋で働く一方、菫もまた自分の仕事をこなしていたのは想像がつく。

今となってはもうログも残っていないので、聡一郎の記憶の中で思い出すしかない。

たとえば彼女が亡くなる数日前に、予兆を示す証拠はあったのだ。

『目がかすむのよ。頭もぼうっとするし』

聡一郎はそれをいつものことと受け流し、『寝ろ』とだけ返した。大量の失点がここでつく。

　そして街にジングルベルが流れるクリスマス・イブの日、たもと屋はいつも通り夜まで営業を続け、それでも彼女は来なかった。

　落胆《らくたん》し腹をたてた愚か者の自分は、そこで初めて放っておいたスマホを開いたのだ。中に彼女のお決まりな言い訳や、ふざけた詫《わ》びの言葉は一切入っていなかった。かわりにあったもの。恐らくは体調が急変してから、必死に紡《つむ》いだSOSだ。

『出ろ、向坂！』

　何度か電話したが、返事はなかった。

　聡一郎が都電に飛び乗って、町屋《まちや》にある彼女の自宅マンションを訪れた時、すでに彼女の意識はなくなっていた。救急車を呼んだのは、もちろん聡一郎である。

　その時は片道切符になるとまでは、思っていなかった。

「くそ……」

　聡一郎は、テーブルを拭くダスターを握りしめた。

　恋人という立場は弱いもので、死因の説明も彼女の家族から間接的に聞いただけだ。葬儀も焼香だけして帰った。亡くなった時期が時期だけに、マスコミに嗅《か》ぎつけられるのを遺族が嫌ったのだ。ある意味、彼らの思いやりでもあった。あなたはこのまま、娘の人生に無関係の人でいてと。

言い返せない自分が悔《くや》しかった――。

「すみません」

過去を振り返って唇を噛《か》みしめていたら、店の引き戸が開いた。

聡一郎はとっさに時計を確認し、二時半を過ぎていたので言った。

「ランチのオーダーはもう終わって――」

しかし、やってきた客の顔をよくよく確認して驚いた。

「君……」

「はい。終わりですよね。ですからちょっとだけ、お話しする時間をいただけませんか」

平良凜々が、一人申し訳なさそうに立っていた。

＊＊＊

ちょうどランチタイムが終わった頃合いを見計らって、凜々はたもと屋に行った。

聡一郎は、現れたのが凜々だとわかって、意外そうに目を開いた。店に入った直後にしていた、ひどく険しい顔つきとは対照的だった。

「どうしたの」

「野洲さんに、お知らせとご相談があるんです」

凜々は店内を進み、テーブルの食器を片付けていた聡一郎を見上げた。

仕事中はいつもつけている、無地のバンダナ。これは洗濯《せんたく》のルーティンで色が変わる。冬でも半袖《はんそで》のポロシャツを着た胸板は、近くで見ると厚みがあってしっかりしている。右より左の腕の方が太い。何かとしかめられやすい眉《まゆ》や唇の形、そういう野洲聡一郎の構成要素を、一つ一つ見ていった。

「――昨日の夜、菫さんに会いました。私の部屋で」

聡一郎の薄いなりに整った顔が、ほんの一瞬動揺《どうよう》したように見えた。

「それは……また、はた迷惑なストーカーか押し入り強盗だな……」

「菫さん、一年前に亡くなってらっしゃるんですね」

向坂菫が嘘をついていたというなら、彼もまた同様だ。ずっと彼女が生きているような振る舞いを、凜々に対してしてきたのだから。

凜々の指摘に、聡一郎が気を悪くしたり、ごまかして嘘を重ねたりする可能性もあった。

でも、凜々が信じた通り、そんなことは起きなかった。

かわりに彼は、凜々の予想よりもずっと静かなまなざしのまま、カウンターのとある席を指さした。

「……そこの椅子《いす》にさ、ある日いきなり向坂が座ってたんだよ。死んでしばらくたった頃かな。朝起きて、久しぶりにシャッター開けたらいたんだ」

その光景が、凜々には容易に想像できた。

本当にいつも通り、なんら変わることのない向坂菫の姿だったろう。たもと屋とは、良くも悪くもそういう場所だからだ。

「なんだよ『やっほう』って、ふざけてんのかよって……」

「……野洲さんに会いに来てくれたんですよね、菫さん」

「俺はそれまで、この店を続けるかも悩んでたぐらいなんだ。だってそうだろ。あいつが床でのたうち回って助けを呼んでる時に、こっちはずっと腹立てながら客に飯を出してたんだよ。そんな自分が許せなかった。なのに」

途中で聡一郎は言葉を詰まらせた。

「……どこかで異変に気づいてやれなかったのかとか、死ぬ間際までケンカしてた気まずさとか、それ見た時にもう考えるのはやめたんだ。あいつがいつも通りでいくつもりなら、俺もその嘘と茶番に乗っかってやることにするって」

聡一郎は、あらためて凜々を振り返った。

「それで？　平良さん、あいつ君んとこに押し入ったあげく、なんて言ってたの」

「そろそろ時間切れ、だそうです」

これを正直に告知するのは、少し心苦しい。

聞いた聡一郎が、瞬間言葉を失ったのがわかった。

「――そう。凜々ちゃんの言う通りなのよ」

そしてたもと屋の空間に、話題の主が登場した。

もはや幽霊であることを隠すことなく、向坂菫はカウンターの椅子に、長い脚を組んだ状態で現れた。

「おまえ……」

「長々居座ったあげくで、ほんとごめんなんだけど。私そろそろあっちに渡ろうと思うのね」

昨日の夜、半袖にブルゾンを重ねていた菫は、今日はもう上着を持つことすらやめたらしい。真夏と見紛《みまが》うひどく身軽な格好で、恋人の聡一郎と向き合っている。

「一年たつし。頃合いだと思うの。だめ？」

「そこで許可求められても」

「求めたいの。だめ？」

ストレートな質問。

聡一郎が返す言葉を見つけられず、ついには深いため息とともに額をおさえた。

「……ほんとに手前勝手な女だな」

「うん。それで手前勝手ついでに提案があるのよ、聡一郎君。どうせなら、最後にぱーっとデートでもしない？　ろくに遊びに行けなかったじゃないのうちら」

「いや待て待て待て。本当に死人の自覚はあるか向坂」

それでも常識からくる突っ込みは入った。

「遊ぶって言ったって、どこに行く気だ？　今の向坂が行けるのって――」

「まあ、自分の力じゃたかが知れてるわよね」

「飛鳥山でも行くか？」

「絶対にいや」

「嫌か」

「もう一年うろついて、飽きたからあの公園。ゾウの滑り台の上でアラベスクするところまでやり尽くしたから」

「何やってるんだよ……」

「小学生までバレエやってたのよ」

自分が知らないところで行われていたらしい奇行に、聡一郎が軽く引いていた。

「じゃあどうするんだよ」

「野洲さん。そこは私に協力させてくれませんか」

凜々は二人の会話に割り込む形になりながらも、そっと手をあげた。これは菫にも頼まれていたことだった。

「平良さん……？」

「私は、お二人にとって部外者の人間ですけど。でも菫さんにも野洲さんにも、沢山《たくさん》助けていただきましたから」

ここで聡一郎が、もしかしたら店を閉めていた可能性もあると知って、なおさら思ったのだ。

凜々ができることは、この二人に道を作ってあげることかもしれない。

「私が……今ここでこうやって生きていられるのは、野洲さんがお店を続けてくれたからで、それは菫さんが幽霊として会いにきてくれたからでもあって、そういう奇跡が重ならなかったら、今の私はないんです」

誰かの悲しみに自分の活路や喜びが繋《つな》がっていたと思うと、皮肉すぎて複雑だ。でももしかしたら因果《いんが》というものは、喜怒哀楽の色になど関係なく接続されてしまうものかもしれないから。

「凜々ちゃんは大げさね。そんな大層なことしてないわよ」

「大層かどうかは、私に決めさせてください」

そうして世界のシナプスは、繋がりながら広がっていくのだろう。

いくつかの変異や奇跡を挟んで。形を複雑に変えながら。

「ですからこれが今の私にできる、野洲さんたちへの恩返しだと思うんです」

苦笑している菫の手を、凜々は握った。これでまた因果が一つ繋がった。そしてもう一つ。テーブル席の脇に立つ聡一郎に向かって、反対側の手を差し伸べた。

「三人で行きましょう。これならどこにでも行けます」

時間は師走《しわす》の名にふさわしく、早足に過ぎていった。

十二月二十四日のクリスマス・イブが、凜々の定休と重なったのは本当に幸運だったと思う。

その日は午前中から、凜々のアパートに菫が来ていた。

「えっ、なに凜々ちゃん。もしかしてその格好ででかける気？」

「……い、いけませんか」

どきりとしてしまう。

外出用のコートを羽織《はお》ろうとしていた凜々は、いきなりの駄目出しに驚いてしまった。

ちなみにいつも塾に行くのに着ている、ニットと化繊《かせん》のスカートである。上はモスグリーンで下は焦げ茶色。どちらも家での洗濯に耐える、優秀な国産プチプラブランドのものだ。

「遊びに行くのに、そんな樹木みたいな地味コーデしてどうすんのよ」

「じゅもく……」

「しかも行き先は遊園地なんだからさー、もっとあるでしょう。動きやすくて可愛《かわい》いのが！」

「菫さんだって、いつもシンプルなの着てるのに……」

「違う違う、地味とキャラに合わせたシンプルは違うんだって。はいクロゼット開けてー。一から検討《けんとう》し直すよ！」

「……もー、遅刻しますよ……」

「そんなの待たせときゃいいって」

菫は言い切るが、凜々は恐ろしくてとてもできそうにない。

けっきょくクロゼットと衣装ケースを開けた上で、手持ちの服をドロー《カード》させられた。

最終的にほぼ菫のチョイスでできあがったのは、ボーダーのカットソーとピンクのシャツ、ウールのハーフパンツという組み合わせだ。パンツは去年の福袋に入っていたもので、冬物なのに微妙な丈の扱いに困っていたが、ソックスにローファーを合わせよと指令を受けていた。

凜々にしては相当カジュアルかつ可愛らしい格好だが、菫はまだ改良の余地があると思っているようだ。顎《あご》に手をあてながらうなっている。

「コートは他にないっていうから仕方ない……マフラーぐるぐるに巻いて、ちょっと髪引き出して最低限のあざとさをキープするか……」

「ねえ、何を目指してるんですか菫さん……」

ピンポン、と家のインターホンが鳴った。

「ほら、来ちゃいましたよ。もう行きますからね」

「あ、ちょっと待ってマフラー」

巻き方と髪のバランスにこだわりがあったようだが、つきあっていられなかった。量産品のマフラーを適当に一巻きし、自分の荷物を持って玄関に向かった。

ドアを開けると、立っていたのは野洲聡一郎だ。

黒のダウンジャケットに、ゆとりのあるグレイのパンツと革のスニーカー。上着のポケットに両手を突っ込んだ姿は、いつものたもと屋仕様とは違って新鮮だ。

「おはよう」

「……お、おはようございます」

頭にバンダナがないと髪もワックスつけたりするんだと、微妙な違いにいちいち感心してしまう。

「何、人のことじっと見て」

「いえ、思ったよりも私服かっこいいですねと」

「そういう君もわりと可愛い格好してるじゃないの」

嬉しがらせてくれるな。叩いても何も出てきやしないくせに。

聡一郎が、凜々の肩越しに奥をのぞき込んだ。

「向坂もいるのか？」

「もちろんいるわよー」

菫が遅れて玄関に出てくる。彼女は以前と同じブルゾンに、細身のデニムをはいていた。

すらりとした長身が、スポーティーな格好にはまっていた。

「あんまり大騒ぎするなよな。ここじゃ平良さん一人の迷惑になるんだぞ。わかってるのか」

「そんなのわかってるに決まってるじゃないの。もう、出がけにテンション下がるようなこと言わないでって」

「ま、まあまあお二人とも」

凜々が不穏な空気をなだめながら、部屋の戸締まりをする。

三人でアパートの外階段を降りていくと、その先に大家の泰蔵《たいぞう》がいた。

彼は収集の終わったゴミ捨て場の清掃をしていた。階段の手すり越しに凜々たちを見上げて、相好《そうごう》を崩した。

「平良さん。おはようございます」

「おはようございます。いつもお掃除《そうじ》ありがとうございます」

「けっこうけっこう。たもと屋さんとクリスマスのデートってやつですか」

凜々はぎょっとした。

（まだ言いますか！）

よく見てくれ、ちゃんとここに菫さんがいて、そちらがばりばりの本命で——と言い訳しようとして、無理なことに気づいた。

「そうよー、おじいちゃん。楽しいイブにクリスマスデートなの」

階段の手すりから身を乗り出して、楽しげに手を振っている菫のことは、たぶん見えていない。この場にいるのは、凜々と聡一郎だけだと思っているだろう。

聡一郎の方は落ち着いていて、苦笑しながら泰蔵に言った。

「内緒でお願いします」

「ほっほっほ。『おふれこ』ですね。もちろん言いふらしたりなんかしませんよ。若いってのはいいですね」

泰蔵は、蛇口《じゃぐち》に繋《つな》がったホース片手にご機嫌だった。

「あの人けっこう俗《ぞく》っぽいよな」

「……というか、いいんですかね」

「まあ今日は、当人の希望最優先だ」

聡一郎の言う通りかもしれない。凜々は同じく楽しげな菫を見ながら、無言でうなずくしかなかった。

旅立つ前の思い出作りにデートがしたいと菫は言い、彼女が行き先にあげたのは『あらかわ遊園』だった。

音無橋から親水公園へ繋がる階段を下りながら、凜々はしみじみした気分で言った。

「……今さらですけど。荒川区《あらかわく》に遊園地があるって、初耳でした」

東京二十三区内で遊園地と名がつく施設は、思ったよりも多くない。みんなが知っている東京ディズニーランドは千葉にあるし、よみうりランドや東京サマーランドなどは東京は東京でも、もっと郊外の市部にある。都内でもどちらかと言えば下町に位置する城北の荒川区に、しかも公立の遊園地があるというのは意外な気がした。

「そう。なんかね、あるらしいのよ。町屋から都電に乗ってるとね、『荒川遊園地前ー、荒川遊園地前ー』って必ず停留所に停まるから気になっちゃって」

「なるほど……」

「一回どんなところか行ってみたかったんだけど、なかなか機会がね」

それで今回、デート先に希望したというわけか。

「向坂のネタ集めは、あらゆるものに優先されるんだよな」

「いいでしょ別に」

「悪いとは言ってない」

「そもそも今回はネタじゃなくて、ベタ狙ってみたんだけど。定番でしょ遊園地デート。ちょっと学生ぽいかもしれないけど」

「死んでから実現するとはね」

故人とのブラックジョークは、はたで聞いているとハラハラしてしまう。

都電一本で行けるというので、王子駅の構内を通って北口へ出て、そこから陸橋《りっきょう》を渡って都電荒川線の停留所へ向かった。

陸橋を降りたところで、菫が前触れもなく立ち止まった。

「菫さん？」

「あー……ごめん凛々ちゃん。そろそろこのへんで限界かも」

「わかりました。ならちょっと失礼します」

一人でくしゃみをこらえるような顔をしている。どうやら幽霊の活動限界域に来てしまったようだ。

凛々はそんな菫と、あらためて手を繋いだ。定められた境界を越えるため、その状態でそろそろと歩き出す。

一歩、二歩。

「行けるか向坂」

「たぶん……」

三歩。まだ大丈夫。

最終的には特に引っかかることもなく、停留所の前までやってくることができた。

近くで顔を合わせる菫の目が、少しうるんでいるかもしれない。

「やりましたね、菫さん」

「ありがとう。外に出られたのは久しぶり」

彼女は凜々の肩に額を押しあて、ぎゅっと感謝のハグをしてくれた。

それから停留所のホームに手を繋いだまま並び、飛鳥山の坂と高架のトンネルをくぐってやってきた、三ノ輪橋《みのわばし》行きの路面電車に、三人で乗り込んだ。

凜々は実際の都電に乗るのが初めてだったが、電車とは言いながら支払いの形式はあまり電車らしくなかった。

「基本は前乗りの、後ろ降りね。最初にお金を払って、料金はどこまで乗っても一律」

車両も一両のワンマン運転。都バスのシステムとほぼ一緒だ。

日頃よく使っていた菫の指示に従い、交通系のＩＣカードで運賃を支払う。当たり前だが、幽霊である菫の料金は求められなかった。その後に聡一郎が続く。

「奥行こ、奥」

一両編成の車両の、一番後ろのスペースに立った。誰もいない運転席から、外の景色がよく見える。

発車するにあたって、チンチン！　と今時あまりないアナログな鐘が鳴った。

なるほど。これがチンチン電車。

専用軌道上を走ること十分少々で、西尾久《にしおぐ》にある目的の地、『荒川遊園地前』に到着した。

「——ねえ聡一郎君。ちょっと凜々ちゃんと手を繋いでくれない？」

「は？」

停留所の案内地図で、遊園地への道のりを確認していた聡一郎が、眉《まゆ》の根を寄せてこちらを向いた。

正確には、凜々の隣にいる菫に対してだ。

「今度はいったいなんのトンチキな思いつきだ？　向坂よ」

「やめてよ、そんな露骨に嫌そうな顔。凜々ちゃんに失礼でしょ」

「むしろ平良さんへのセクハラ事案じゃ？」

「そうじゃなくて、私じゃ聡一郎君に直接触れないじゃない。間に凜々ちゃん挟めば、間接でも繫いだことにならないかなって思って」

　菫の訴えに、聡一郎はぐっと言葉に詰まった。

　非常に斜め上ではあるが、ある意味恋人からの、真っ当な要求でもあった。それゆえ彼は返事に窮《きゅう》しているのだろう。

「あのー、野洲さん。私はいっこうにかまいませんので……」

「……本当にごめん平良さん」

「いえ……今日の私は菫さんのつなぎというか、一部はみ出たものぐらいに思っててください……」

　聡一郎は、かなり申し訳なさそうに凜々の残った手を取った。

　菫は自分の要求が満たされて、にこにこと嬉しそうだ。

「俺を困らせるためにやってないか」

「まさか。つきあいたての頃を思い出すでしょう？」

「いつのどの場面だよ」

　上機嫌の菫と、渋い顔の聡一郎に挟まれる形で、三人並んであらかわ遊園までのプロムナードを歩いていった。

端《はた》から見れば、凜々と聡一郎が寄り添い手を繋ぐ恋人同士のように見えるだろうが、実際に無視して考えるべきなのは凜々というのがややこしい。

並木道の頭上に伸びる枝を見て、聡一郎とは反対側にいる菫が目を細める。

「ここの木、みんな桜なのね。春に来られたら良かったのに」

——神様は理不尽だと思った。本当は凜々などいなくても、直接聡一郎と手を繋ぐなり、触れ合えればいいのに。凜々だけが聡一郎と菫の手、両方の温かさを感じられているのが申し訳なかった。

しかし、地図にあったルートを歩いているうちに、だんだんデートという雰囲気《ふんいき》でもなくなっていた。

三人で歩けど歩けど、団地や駄菓子屋といった庶民的《しょみん》な景色が続き、下町の住宅街から抜け出せない。

とうとうそのまま、『あらかわ遊園』の看板がかかる施設にたどりついてしまった。

「……とりあえずチケット買ってくるな」

代表してチケット売り場に向かう聡一郎が、どことなく周囲の人混みから浮いて見えた。

理由は、実際に入ってみてよくわかった。

「わー」

「これは……」

「……お子様連ればっかり、ですね」

比較的こぢんまりとした規模の敷地内は、全体がリニューアルされたばかりらしく、かなり綺麗《きれい》に整備されていた。しかし、乗り物といえば園内を自転車で走るスカイサイクルや、馬にまたがるメリーゴーランド、そして観覧車など牧歌的なものばかりで、絶叫系が一つもない。かわりに動物のふれあい広場や釣り堀などが充実していて、明らかにターゲットはキッズとその親御さんなのである。

凛々に手を引かれて園内を歩きながら、菫だけが感心しきりだ。

「なるほど、そうよね。区民のための遊園地なら、こうなるわよね」

「腑《ふ》に落ちたのはいいけどな、どうするんだ？　正直めちゃくちゃ場違いな気がするんだが」

呟《つぶや》く聡一郎の足下すれすれを、未就学児が奇声をあげながら走っていく。追いかけるお母さんは大変だ。

「えー。聡一郎君、一日券買ったんでしょ？　もったいないから元取らないと」

「どうやってだよ」

「あ、見て。生意気にもジェットコースターがある」

菫が指さす先には、確かにそれらしいレールの上を走る乗り物があった。

しかしレールの一番高いところでも、せいぜい建物の二階レベルだ。カートゥーンアニメから抜け出てきたような、イモムシ型のコースターに乗って走る仕様だが、蚊がとまりそうなほど遅いと言ったら言いすぎだろうか。

相当小さいちびっこも一人で乗車していて、地上で待つお母さんに手を振っていた。

「……ジェット?」

「コースターではあるわよ」

「……あらかわ遊園のファミリーコースター。最近宮城の遊園地にある『エアロ5』に抜かされてしまいましたが、日本で二番目に遅いジェットコースターだそうです」

思わず凜々は、その場で検索してしまった。

いわくコースの全長は約一三八メートル。最高時速は約十五・三キロ。

ママチャリといい勝負ができるかもしれない。

「身長は八十センチ未満がお断りで、三歳のお子様から乗れます。ジェットコースターですが」

「いや……こういう施設でなんとかマウンテンだのフジヤマだのやられても困るが……」

聡一郎が困惑するのもわかる、非常にスローモーで優しい仕様のコースターである。

「ようするに子供向けなんだな」

「ですね」

「幼稚園児が初ジェットコースターを体験するなら、これぐらいがちょうどいいんだろ」

「ねえ聡一郎君。私、これ乗ってみたい」

「は？」

「なんかイモムシがいい顔してるし」

話がまとまりかけたところで、菫がとんでもないことを言いだした。

思わず凜々と聡一郎が振り返るが、彼女はサイケな笑顔でレール上を走る鈍足イモムシを、猫のようにじっと目で追っていた。

——そもそもの前提として、菫は一人で乗り物には乗れないのである。

じゃあどうするか。

こうするしかないのである。

「あの……菫さん」

「なに？」

「絶対に、絶対に動かないでくださいね」

がたがたと震え声で凛々は呟《つぶや》く。

ファミリーコースターは、一両の前と後ろに分かれて一人ずつ乗り込む設計だった。

現在、凛々のハーフパンツをはいたお腹の下には、シートベルトのかわりに細い鉄のバーが一本下りており、その上に菫が『お膝抱っこ』状態で座っている。

「大丈夫でしょ。スピードは大して出てなかったし」

「ベルトないんです。落ちたら最後です」

「もう気にするな平良さん。落ちたところでこの人は死んでるんだ」

後ろの席に座る聡一郎が、捨て鉢《ばち》に怖いことを言っている。今お二人のブラックジョークにつきあっていられる余裕はないんですと、できることなら言い返したかった。

コースターが動きはじめてしまう。

「けんちゃーん、がんばって！」

「ママー、ぼくみてて！」

「わくわくするわー」

児童と保護者のやりとりに、呑気《のんき》な菫の声も混ざりつつ、定員二十四名のイモムシが最初の坂を上がっていく。地上には我が子の勇姿を捉えようと、スマホを構えるパパやママが沢山《たくさん》いた。

（きた）

軽い下り坂に、ふっと身体《からだ》が浮き上がる感触がした。そして次のカーブでは、遠心力で横Gがかかる。勢いで膝の上に乗った菫の身体が、大きく外へ傾きそうになり――凛々はもうパニックになって叫んだ。

「いやー、だめ！　だめ動かないで動かないで落ちる落ちる落ちる誰か止めて――っ！」


誰が呼んだか絶叫マシン。

一周一分を二回分。

こんなに恐怖を感じる二分間はなかったと凛々は思う。

のりもの広場を出て、動物たちと触れ合えるどうぶつ広場に移動しても、心の傷はなかなか癒《い》えなかった。

柵《さく》内に放牧されたヤギや羊が、暗い顔でため息をつく凛々を取り囲んでメエメエと鳴く。

「凛々ちゃん……お願いだからそんなにへこまないで……私が悪かったわ」

「……五歳ぐらいの男の子に……指さされたんです……『ママー、あのおねーちゃん泣いてるー、だっせー』って……」

「それは男の子の方がクソガキなだけだ。平良さんは胸をはっていい」

聡一郎の慰めが胸に染みる。でも泣いてしまった事実は消せない。

大人の身で乗り込むファミリーコースターは、身体が簡単に車外へ投げ出されそうで怖かった。命綱《いのちづな》が、頼りないバー一本しかないのもよろしくないと思う。

「羊……羊は可愛《かわい》い……モフモフ……」

「そうねモフモフね。存分に愛《め》でて」

凜々が寄ってくる羊をなでていると、そのうちの一匹が、鼻面《はなづら》を菫の方へ向けた。

「なに……君ってば私のことが見えるの？」

菫も目を丸くする。

周りに比べて少し小柄な羊で、光彩が横を向いた特有の瞳が、確かに菫を捉えているように見えるのだ。

メエ、と小さな羊が鳴く。

「ありがとう。君みたいな子に会えて幸せよ」

冬にしては暖かな真昼の日差しを浴びながら、菫は羊の目線までしゃがみこみ、何やら内緒話でコミュニケーションを取っていた。片手は凜々と繋《つな》いだままだったが、時折くすくすと笑い声が聞こえるその光景が平和すぎて、これが普通の人には見えないだなんて、やっぱり思いたくないのだ。

観覧車に乗った後は釣り堀を冷やかして、その後も風がほとんどなかったので、お昼は園内の芝生《しばふ》がある広場で食べることにした。

キャンプ用のシートを広げたところで、聡一郎が言った。

「一応、言われた通り弁当は作ってきたけど」

背負ってきたバックパックの中に入っているようだ。凜々たちは歓声をあげた。

「待ってました」

「いよっ、たもと屋出張所ー」

「歌舞伎《かぶき》じゃないんだから……」

顔をしかめられながらも、用意した弁当を出してもらった。

一般的な弁当箱ではなく、テイクアウト用のランチパックなのがお店らしい。割り箸《ばし》もお手拭きもついている。

（スペシャルランチだ。嬉しいな）

凜々は心の傷もつかのま忘れて、両手で弁当を受け取ろうとし——はたと思う。

「ところでこのお弁当、どうやって食べましょう」

「……あー、片手じゃ食べにくいか。そこまで考えてなかったな」

聡一郎が頰《ほお》をかいた。

菫から完全に手を放すのは、危なくてできそうにないのだ。

「別に手を繫がなくても、コースターの時みたいに密着してればいけるんじゃないの」

「余計食べづらそうだが」

「じゃあ、背中合わせで食べるとか」

「それで行こう凜々ちゃん」

菫が親指を立てる。さっそく体育のストレッチよろしく、その場でぴたりと背中を合わせ、芝生に敷いたシートの上に座りこんでみた。

背中は菫と密着しているが、両手は空《あ》くので弁当が食べられる。

「いけそうです」

「変なランチだわー」

背後で菫が、こらえきれないとばかりに笑っていて、その振動がこちらまで伝わってきてくすぐったかった。凜々も半分笑いながら、ランチパックの蓋《ふた》に手をかけた。

（わくわくするな）

いわゆる自分で作らなかった弁当の、中味を確かめる瞬間というのは、宝箱の蓋を開けるようなものだ。中で二つに仕切られた容器の、片側にごま塩ご飯が詰めてあり、もう片方がおかずのコーナーだった。

まずは目につく、おかず第一のコース。凜々はいただきますと箸《はし》をのばす。

「唐揚げ……じゃなくてチキンナゲットですね、これ」

「そう。胸肉をレンコンと、パセリも一緒に入れて叩いて揚げたやつ。冷めてもうまいよ」

それは素晴らしい。

さっそく食べてみたら弾力のあるガーリック風味のナゲットに、シャキシャキなレンコンのアクセントが加わって、食べ応え充分な一品に仕上がっていた。くし切りのレモンと、一味《いちみ》を加えてピリ辛《から》なケチャップも添えてあり、二個目三個目も楽しく味変できるところも良い。

「野洲さん、これは定食に出てきても人気になると思います」

「どうだろうな。おっさんがおかずにするには、物足りなくないか」

「せめてサイドディッシュにならら……小鉢かおつまみとかなら最高かと」

加えて凜々は今、すばらしくビールが飲みたくなっている。

ナゲットの隣に詰めてあるのは、凜々も作り方を習った人参《にんじん》ナムル。ベーコンを巻いたシシトウは、黒コショウが利《き》いていて、中にチーズが仕込んであってさすがに芸が細かかった。食べやすい上に彩りもいい。

おかずの口直しとして、カボチャと紫芋《むらさきいも》を飴《あめ》がけしてカリカリにした、カラフルな二色かりんとうもついてくる。

目に嬉しくて、変化があって食べてもおいしい。でも聡一郎の弁当は、たぶんお店で出すものとも趣向が少し違っていて、今日という日に凜々や菫と食べることだけを考えて作ってくれたのだと思った。

一口食べては幸せを噛《か》みしめていたら、その聡一郎が言った。

「……どうした向坂。食べないのか」

――え？

振り返りたいが、背中を離せないのでそれもできない。ただ聡一郎が、心配そうに眉《まゆ》をひそめて菫の様子をうかがっている。

「……うーん、ちょっと無理っぽいなあ。残念」

「たもと屋の中なら、食べられるか？」

「そんな感じでもないのよ、これが。たぶん物を食べる口じゃなくなってるんだろうなあ。

こうしてるだけで充分なのよ」

芝生に置かれた遊具のまわりを、子供たちが歓声をあげて駆け回っている。

凜々は聡一郎の顔がこれ以上曇るのを見たくなくて、手元の弁当に視線を落とした。

「私はさー、まわりに怒られるぐらい沢山《たくさん》書いたし。いい人にも、沢山会えた。だから娘か息子連れて遊園地来るルートは、来世に期待しときましょうね」

対する菫の、独り言のようなその言葉は、本当に冬の中の陽だまりにいるようなやわらかさで。

（菫さん）

だからこそ暗黙の了解で続けてきた奇跡的な時間の、終わりが近いことを感じさせたのだ。

午後の四時過ぎには、再び都電荒川線に乗って、王子の停留所に戻ってきた。

他に寄り道はせず、朝と同じように音無川親水公園の遊歩道を歩いていくと、頭の上に三連アーチを繋げた大きな橋が見えてくる。川のよどみに溜まった死者の魂を、あちらの世界へと渡す橋、音無橋。

昭和の初めに作られたクラシカルな外観を、ただ毎日憂鬱《ゆううつ》な気分で見上げて通勤していたこともあった。

変えてくれたのは、凜々が今日一緒にいた人たちだ。

「――今日は楽しかった。最後にわがままきいてくれて、ほんと感謝してる」

階段で橋の上に出たところで、ここまで機会がなくて、ずっと繋いだままだった菫の手が、ごく自然に離れた。

濃いオレンジ色の夕日に、染めたボブヘアが混じり合って光り、金茶色に見える。

彼女は音無橋のたもとに立ち、このまま王子神社の方角へ渡って、天国へ旅立つつもりらしい。

凜々も電車の中で、様々な言葉を考えてはみた。でも、うまい言い方はまだ思いつかなかった。

「……あの。私は菫さんに会えて、すごくよかったです。本当にそう思うんです」

たとえ本来なら会うはずのない人だったとしても、この出会いに感謝したい。ありがとうと言いたい人だ。

すでに泣きそうになっている凜々に、彼女は「私もよ」と言って軽くハグをした。この時点でも、まだ温かくてちゃんと感触があった。

「向坂」

そして今度は、聡一郎の番だった。

「ちょっと手、出してくれ」

「なに？」

「片手でいいから」

凜々を抱きしめ慰めていた菫が、何度かうながされて振り返った。

聡一郎は、今まで以上の仏頂面《ぶっちょうづら》だ。

菫が無造作《むぞうさ》に、そんな彼に向かって右の手の平を差し出す。聡一郎がその上に、上着のポケットから出したばかりの何かを託そうとして――。

ちゃりん、とすり抜けて地面に落ちた。

（あ）

カラータイルが敷かれた路上を転がり、車道に落ちるぎりぎり手前で止まったのは、銀色に光る石つきの指輪だ。

――エンゲージリング。

菫は手を差し出した姿勢のまま固まり、聡一郎も渡したつもりの状態で固まってしまっている。まさかすり抜けるとは思わなかっただろうし、落ちたものの意味と重みは、二人とも充分承知の上だろう。

お互いゆっくりと、また顔を見合わせた。

「本当は一年前に渡すつもりだったんだ」

「――タイミング悪すぎ。じゃあね」

彼女は素早く背伸びをして、そんな聡一郎にキスをした。大事な指輪も受け取れない状態で触れることができたか、それが形だけのふりだったかどうかは、凜々にもわからない。確かめる気もない。

すぐにきびすを返して、菫が音無橋を渡っていく。

どんどんと、その姿が遠ざかっていく。聡一郎は黙って見送っていたが、急に地面を蹴《け》って駆け出した。

「菫！」

やめなよ、野洲さん。

「行くなよ！　別に俺の飯なんて食べられなくていい！　このままずっといろよ！　離れるな！」

叫び声に血が混じっているような気がした。傷口に無理矢理指をたてて、抉《えぐ》られる痛みだ。

橋の中程で無茶を叫ぶ恋人を、菫が振り返った。ああ、なんて彼女らしい、大らかな笑顔。大きく両手を広げ、バックで歩きつつ、満面の笑みで口を開いた。

「無理なものは無理！　ごめんなさい！」

それで聡一郎の足が止まった。

彼女は最後の最後まで笑顔を続け、そうして橋の終わりがくるところで再びターンして前を向き、次の一歩で天国へと消えていった。

――終わったのだ。

聡一郎は、その場にたたずんだまま動かなかった。自分が恋人と同じ場所には行けないことを、よくよく知っていたからだろう。今まで何度も店で食事を出して、見送ってきたのだから。

同じ一本道でも、生きた人と死者ではたどりつく場所が違うのだ。

置いていかれた広い背中は何も語ろうとしなかったが、黙って握りしめられる拳を見た瞬間、凜々の目にも涙があふれた。

燃えるようだった陽が落ちて、橋の上以外にも街灯がともる頃、ようやく聡一郎が凜々のいる場所に戻ってきた。

行こうとばかりにすれ違いざま肩を叩かれ、慌ててその後を追いかける。

しばらくは、隣を歩いていても無言だった。あんなことがあった後とは思えないほど、聡一郎の足取りはしっかりしている。凜々は湿ったハンカチを畳《たた》み直した。

「……なんで君の方が泣いてるんだ」

こちらが何度も何度も涙をぬぐっているものだからか、呆《あき》れ声で言われた。

「私は嘘が下手《へた》ですし、野洲さんのぶんまで涙が出るんです」

「言うようになったね」

でも事実だ。

聡一郎は自分を律する人で、こんな風に凜々ほど感情を表に出したりはしない。でもそれは何も感じていないのと、イコールではないだろう。彼が自制の皮の下で強く心を痛めているなら、それは凜々にも悲しいことだ。

好きな人を失った悲しみは、こんなものではないとは思いつつも、その想いを悼《いた》みたいし寄り添いたい。わがままかもしれないが、それが今凜々のしたいことなのだ。

言葉に詰まった聡一郎が、困ったあげくに頰《ほお》をかく。

「ほんとに君は——」

そこで彼は、なぜか不自然に言葉を途切れさせた。

「あー、なんだあれ。客なのか？」

いかにもいぶかしげな声に、凜々もまた泣くのをやめた。

彼が見ているのは、横断歩道の向こうにあるたもと屋だった。のれんも出ていない店の前に、黒いコート姿の男が立っている。隣の窓と引き戸の間をうろうろして、なんとも落ち着きがない動きだ。

「今日は店、閉めてるんだけどな。貼り紙が読めないのか？」

「──もしかして、普通のお客さんじゃないのかもしれませんよ」

「外国人？　そうかイブ。四がつく日か」

ぬかったとばかりに聡一郎。

乗ってきた都電も、巣鴨《すがも》の縁日とは逆方向だったので、混み具合がよくわからなかったのだ。

信号が変わるのを待っている間も、その人は店の前から動かなかった。

ようやく赤から青へ。音声信号が、『とおりゃんせ』の電子音を奏でる。

「お店開けるんですか」

「本当に幽霊ならな。確認しないと」

当然のように聡一郎は言う。

なんでもいい。彼の中でまだ世界が続いていることが、凜々は嬉しかった。

＊＊＊

『次の休みいつ？　渡したいものがあるんだ』

聡一郎からそんなＬＩＮＥが来たのは、年が明けて一月も半ばを過ぎた頃だった。ちょうど風呂から上がったばかりで、充電中のコードに繋《つな》がれたスマホを手に取った凜々は、意外な名前に驚いてしまった。

こちらも塾の冬季講習も乗り切って余裕があったので、もったいぶらずに休みの日を教えた。次の休日には、たもと屋ののれんをくぐっていた。

「こんばんは、平良です――」

「いらっしゃい」

顔を出したのは夕方過ぎの、店の夜の部が始まってすぐの時間帯だ。決して広くはない店内にいたのは、定番のバンダナをしめた聡一郎だけだった。

「今日、メンチカツ定食とロコモコ丼なんですね。メンチお願いできますか」

「無理に頼まなくていいんだよ。こっちが呼んだだけなんだから」

「たもと屋さんのご飯で、無理とか考えたことないですよ」

凜々はカウンター席に腰掛けた。

「朝の十時に食べたきりですから、本当にお腹ぺこぺこなんですよ。野洲さんのおいしいもの食べにきました」

聡一郎は、凜々が褒《ほ》めれば褒めるほどそっけなくなる気がする。今も笑うどころか、より口を引き結んだ渋面《じゅうめん》になってしまった。

「じゃ、今日は俺の奢《おご》りね」

短くそれだけ言って、メンチカツを揚げる作業を始めた。

――相変わらずの塩顔、塩対応。

それでもこうして会いにくるのは、凜々としてもそれなりに覚悟がいったのだ。

最後に聡一郎と会ったのは、年の瀬のクリスマス・イブ。向坂菫が、目の前の音無橋を渡って以来である。

あの時は、直後にやってきたお客様のあしらい――生きていたか死んでいたかは、想像にお任せしよう――をして、そのまま解散となった。彼が大事な人を見送って落ち込んでいるのは容易に想像がついたが、実際にどう慰めていいかもわからなかったのだ。

こうしてカウンター越しに手を動かす聡一郎を見ていて、顔色が悪くないことにまずほっとする。

少し痩《や》せたような気もするが、これは凜々がうがった目で見ているからかもしれない。どうだろう。よくわからない。

「はい、今日のメンチ定」

聡一郎が、カウンターに定食の盆を出した。

楕円《だえん》の皿にキャベツの千切りと紫蘇《しそ》、そしてメインディッシュである揚げたてのメンチカツがのっている。

「おいしそう」

「冷める前に、さっさと食べてね」

副菜の小鉢《こばち》は、あっさりとした切り干し大根の煮物だ。そして白いご飯とともに、どんぶりと共通のらっきょう漬けと、豆腐とわかめの味噌汁《みそしる》がついてきた。こんな状況でもお腹が減る組み合わせだ。

「これ、ソースとかかけるんですか?」

「いや、味ついてるから。添えたレモンだけ絞《しぼ》って」

なるほど了解。凜々はさっそくメンチからいただくことにした。

言われた通りくし切りレモンを軽く絞り、箸《はし》で熱々のところをかぶりつく。

——熱い。でもやっぱりおいしい。

さくさくの衣に閉じ込められた、豚ミンチの肉汁の、なんとジューシーなことか。

「ソースないのにすごい濃厚なんですけど、なんですかこのメンチカツ。ちょっと生姜《しょうが》がきいてて、単純な塩コショウ味じゃなくて」

「キャベツや玉ネギのかわりに、高菜入れてるから」

「あ、それだ！」

腹に落ちる感覚があって、凜々は手を叩いた。この深みのある塩気は、高菜漬け由来らしい。

「昨日出した漬物が、高菜だったんだよ。在庫一掃《いっそう》って言ったらあれだけどな」

「いえいえ、言われなかったら気づきません。豚骨ラーメンじゃないですけど、豚と高菜って合いますもんね……」

ちょっと大人の味のメンチカツだ。ご飯に合うのはもちろん、酒のつまみにもぴったりかもしれない。

「この間のチキンナゲットに比べれば、こっちの方が店向けだろ」

「かもしれません。あれはあれで好きでしたけど……」

さらりとイブで起きた話題に触れられると、こちらとしても反応に困ってしまう。

とりあえず、何事もなかったように受け答えて流してしまったが。弱虫か自分は。

凜々はその淡々とした顔をうかがいながら、豆腐の味噌汁を口にした。

「野洲さんが渡したいものって、なんなんですか」

「ああ、そうだ。これ」

聡一郎がバックヤードに引っ込み、凜々のいる客席までやってきた。彼が持っていたのは、ビニール製の小さなショッピングバッグだった。

「正月休みに箱根《はこね》まで行ってきたんだ。そのお土産《みやげ》」

「え、そんな。わざわざすみません」

完全に予想外の出来事で、凜々は恐縮しながら袋を受け取った。

中身はわさび漬けの瓶《びん》と、軸《じく》が木製のボールペンだ。特にボールペンは色とりどりの木片を組み合わせた細工物で、箱根名物の寄木《よせぎ》細工だとすぐにわかった。

「塾の先生に何あげればいいかって、考えだしたらどつぼにはまったよ」

「そんな野洲さん」

自虐《じぎゃく》ネタで苦笑する聡一郎を見て、凜々は少しほっとした。旅行に行けるぐらいの元気があるなら、何よりだ。

「ありがとうございます。いいですね、箱根。温泉とか入ったんですか」

「うんまあ、向坂の墓があっちの寺にあるから、そのついでって感じだったんだけどさ」

呑気《のんき》にもらったボールペンの握り心地などを確認していた凜々は、うっかり手から落としてしまい、いかにも不自然な態度になってしまったかもしれない。

慌てて椅子《いす》の間に落ちたボールペンを拾い、顔を上げたら聡一郎が隣の椅子に座っていた。凜々のことを、困ったものでも見るように眺めている。

「そんな悲惨《ひさん》な顔しなくていいよ。俺は大丈夫だから」

「……本当ですか。私、ずっと心配してたんです」

「本当だよ。今まで墓の方にお参りなんてする気もなかったんだ。わかるだろ？　あんなところにあいつがいるはずないって」

「近くに……いましたもんね」

「それな。今回ようやく現地に行ってみて……あいつの実家って、箱根湯本《ゆもと》のでかい旅館なの知ってる？　で、檀家《だんか》になってる寺がこれがまたえらい山の中にあって、道に雪も残ってたから死ぬかと思ったよ。でもなんとかたどりついて、『向坂家代々ノ墓』に線香とかあげてきたんだ」

あらためて礼を言ったと、聡一郎は凜々に打ち明けてくれた。

考えるとまた切なくなるけれど、それは決して悲しいことではないはずだ。菫はちゃんと笑って旅立っていったのだから。

そこに私はいないから、お墓の前で泣かないでという歌もある。たぶん聡一郎は本当にいないことを知っていたから、今まで墓の前に立つこともしなかったのだろう。でもあの日ちゃんと目の前で橋を渡る菫を見届けたからこそ、二次的な墓や祈りというものを受容できたのかもしれない。

そうやって偉そうに分析することはできたが、これ以上は寄り添う上で不要な詮索《せんさく》かもしれなかった。今はそっとしておこうと凜々は思った。

「私から言えるのは、野洲さんに無理はしてほしくないってことです」

「そんな大げさな……って言いたいところだけど、信用ないかもな。君にはだいぶ格好悪いところ見せちゃったからな」

「大丈夫です。格好悪いところの披露度なら負けませんから」

「確かに」

あ、うなずかれた。自分で言っておきながら、認められると何か悔《くや》しい。

聡一郎が、薄い唇をゆるめた。

「あんまりね、人を甘やかすもんじゃないよ平良さん。ほだされるから」

「なんの話ですか」

「いや、感謝してるんだ。本気で」

半笑いで言われても、凜々には意味がよくわからない。さんざん感謝を伝えてきた人に、いざ同じ言葉を返されてもピンとこないものがあった。

肝心《かんじん》なところで線を引くのがうまい人だから、これも別の本音を隠すのに使われたのかもしれない。油断はしないでおこうと思った。

「さあて——なんだろうといきますか」

聡一郎が伸びをしながら、厨房《ちゅうぼう》内へ引き返す。

「はい、そうですね。生きましょう」

行けるところまで生きる。その点については、まったくもって同意である。

私たちは、良くも悪くもまだ死んでおらず、今日の次には明日が来る。

「——野洲さん。二人だけど、今いい？」

表ののれんをくぐって、新しいお客がやってきた。凜々もまだ残っていた自分の定食を、早く食べてしまうことにした。

一口嚙《か》みしめるごとに、力がわく。一日を乗り切るための食だ。

それがたもと屋の料理のようにおいしければ、きっと言うことはない。

千客万来《せんきやくばんらい》。野洲聡一郎が開く食堂『たもと屋』は、北区《きたく》王子は音無橋の側で営業中だ。
メニューは日替わりで、定食とどんぶりの二品のみ。
生きた人もそうでない人も、お腹が空《す》いた時はどうぞよろしく。

エピローグ

ある日の音無川親水公園

Otonashi
Bashi
TAMOTOYA

「すみません。もしかして亡くなってらっしゃいますか？」

公園にたたずむ同類らしき人に、声をかけるのは大変だと菫《すみれ》は思う。言葉のニュアンスがどうしても物騒になってしまうし、かけられた当人に死亡の自覚がない場合もあるからだ。

しかし今回のご婦人は、大丈夫そうだった。いきなり不穏な切り出し方をした菫にも、特に動揺《どうよう》した様子はない。上品に小首をかしげる。

「……ええ。どうもそうみたいで」

「私もなんですよ。ちょっとお話ししてもいいですか」

「ええこちらこそ」

「長雨で嫌になりますよねもう」

今は七月の頭で、まだ鬱陶《うっとう》しい梅雨《つゆ》は明けていなかった。向坂《さきさか》菫がアジトにしている音無川《おとなしがわ》親水公園付近も、朝からしとしとと歯切れが悪い小雨が降り続けている。

「お名前を伺《うかが》っても？」

「皆口《みなぐち》と申します」

菫が声をかけたその老婦人は、公園内のわずかな水の流れの上にかかる太鼓橋《たいこばし》の真ん中に一人、傘もささずにたたずんでいたのだ。

「不思議ですよね。こんな格好でも冷たくないって」

「慣れると意外に便利ですよ。周りに合わせて気分で濡れた感じも出せますし、傘を用意することもできます」

「まあ、そんなことが？」

まだ幽霊になって間もない人らしく、菫は公園に居座る古参のおせっかいを発揮し、色々と教えてあげた。こういう存在になってしまった以上、生前のような睡眠や食事をとる必要はないが、夜が退屈だったら意識を手放して音無川に漂う魂に戻ってみるといいこと。あるいは何か食べたくなったら、階段を上がった先にある食堂がお薦《すす》めだが、たいていそれで成仏《じょうぶつ》してしまうのでよく考えてからなど。ある意味、彼氏以外との会話に飢えていたともいう。

（……私の場合は、食べてもまだ居残ってるんだけどさ）

多少の罪悪感を呑《の》み込みながら、老婦人とのおしゃべりに興じた。

彼女は生前、たもと屋の裏手にあるアパートを経営していたという。自宅も同じ敷地内にあったそうだ。

「──え、あのへんまで移動できるんですか」

「母屋《おもや》までは大丈夫でしたよ。主人の様子を見に行けましたから」

なるほど。いいことを聞いたと思った。

やはり無理矢理でも、新しい人と話して情報交換はしておくものだ。

「もっともあの人に話しかけても、聞いてはくれませんでしたが」

「それはしょうがないですよー」

太鼓橋の欄干《らんかん》にもたれつつ、幽霊あるあるの会話で、慰めあってみる。

「目の前で落ち込まれてしまうと、やっぱり困りますね。どうにかしてあげられないかしらと思ってしまうから」

「それも……わかります」

菫は苦笑する。

こちらの場合、心残りの存在が、話もできるし一定の場所なら触れ合えてしまうところも問題だった。

生前の菫は、幽霊を見る素養などなかった。だから店に死者が来る話は聞いていても、頭が固いわりに面白いことを言うぐらいにしか思っていなかった。いざ死んでみてから、彼が背負ってきたものを分かち合えるようになったのは皮肉である。

おかげでいつまでたっても、旅立つ踏ん切りがつかない。

「……あら。あの子、うちのアパートにいる子かしら」

菫が考えこむ横で、老婦人が呟《つぶや》いた。

音無橋の両端にある階段付近から、王子《おうじ》の駅に向かって、公園の遊歩道は生きた人たちで通勤通学の列ができていた。彼女はそれを見ている。

——生者の行列だ。

みな傘をうつむき加減にさし、ぞろぞろと一定方向へ歩いているので、菫にはあの子と言われたところで誰のことだかよくわからなかった。

生者と死者の境は案外と曖昧《あいまい》で、菫はあのうつむいた朝の行列に死者が混じっていても、判別がつかないと思っている。

「四月に入居したばかりのお嬢さんなんですけどね。どんどん顔つきが暗くなっていくのが心配で」

「あー、ありますよねえ」

菫は無責任にうなずく。

学校か会社が合わないか。悲しいかな、よくあることではある。

でもどうか生き延びてくれ、顔も知らないお嬢さん。私はそれができなかったから。

(聡一郎《そういちろう》も)

あなたがまた前を向けるように。それだけを願っている。

愛した以上に愛されて幸せになって。

あなたに愛されたことがある女としては、心からその未来が訪れることを、願ってやまないのだ。

※この作品はフィクションです。実在の人物・団体・事件などにはいっさい関係ありません。

集英社オレンジ文庫をお買い上げいただき、ありがとうございます。
ご意見・ご感想をお待ちしております。

●あて先
〒101-8050　東京都千代田区一ツ橋2-5-10
集英社オレンジ文庫編集部 気付
竹岡葉月先生

音無橋、たもと屋の純情

旅立つ人への天津飯

集英社
オレンジ文庫

2022年8月24日　第1刷発行

著　者　竹岡葉月
発行者　北畠輝幸
発行所　株式会社集英社
〒101-8050東京都千代田区一ツ橋2-5-10
電話【編集部】03-3230-6352
【読者係】03-3230-6080
【販売部】03-3230-6393（書店専用）
印刷所　大日本印刷株式会社

造本には十分注意しておりますが、印刷・製本など製造上の不備がありましたら、お手数ですが小社「読者係」までご連絡ください。古書店、フリマアプリ、オークションサイト等で入手されたものは対応いたしかねますのでご了承ください。なお、本書の一部あるいは全部を無断で複写・複製することは、法律で認められた場合を除き、著作権の侵害となります。また、業者など、読者本人以外による本書のデジタル化は、いかなる場合でも一切認められませんのでご注意ください。

©HAZUKI TAKEOKA 2022　Printed in Japan
ISBN 978-4-08-680461-5 C0193
JASRAC 出 2205903-201

集英社オレンジ文庫

竹岡葉月

つばめ館ポットラック

～謎か料理をご持参ください～

柔道を諦め、女子大に進学した沙央。
入居した学生アパートでは、月に一度
一品持ち寄りのパーティーが開かれるが
沙央は料理が苦手。そんなとき、
ご近所の幽霊話を聞きつけた沙央は…!?

好評発売中

【電子書籍版も配信中　詳しくはこちら→http://ebooks.shueisha.co.jp/orange/】